後宮護衛の偽妃ですが、陛下に愛されて困っています!

Mimori Kino
木野美森

Honey Novel

Illustration

炎かりよ

CONTENTS

大陸をゆったりと流れる大河獅江、その支流で比較的穏やかな流れの川を旅して二日。

乗り合いの船から降りて紫蘭は十年ぶりの都の地を踏んだ。

暁国の皇都、延陽。

この大陸でもっとも栄えている都だと謳われ、多くの人が行き交う交易の要でもある。

船旅の間、親しくなった家族たちと手を振って別れ、紫蘭は歩きだした。

荷物は身の回りのものをまとめた小さな包みだけで身軽なものだ。

船着き場のあたりはまだ露店が並んだりと雑多な町並みだが、もう少し中心へ進むと、立派な屋根瓦の家々が禁城を取り囲むようにして建つようになる。

広大な敷地に建つ禁城は、天から賜った玉座がある、皇帝の住まう居城だ。

そして、その中にある後宮が紫蘭の目指す場所だった。


十年前、紫蘭はまだ八歳だった。

泣きながら里を飛び出し、近くの農家にあった荷車に潜り込んだ。紫蘭は荷車の荷は都へと運ばれることをあらかじめ知っていて、とにかく生まれ育った里から逃れたい一心で息を殺し、荷物の隙間に身をひそめていた。

荷は皇帝に献上される極上の桃で、荷車はそのまま船へと載せられ都へ着いた。

都には兄がいる。

禁城で警備の任についている年の離れた兄、承順。

紫蘭は兄に会ってどうしてもききたいことがあったのだ。

荷は揺れたりなにかにぶつけたりしないよう慎重に慎重を重ね禁城に運ばれていった。桃に問題がないかをあらためる時、案の定紫蘭は見つかり、警備兵に引き渡された。

そこで、兄と数年ぶりの対面となったのだ。

「どうして里を出てきたんだ?」

思った通り、兄はやさしく紫蘭にたずねた。

おそらくただごとではないと察してくれたのだ。

ずいぶん会っていなかった兄は、すっかり大人びていてきっちりと髪を結い、革でできた鎧を身に纏っていた。

それでも昔と変わらずやさしかった。

紫蘭の家族は、この兄承順と父だけだ。

母は紫蘭が生まれると同時に亡くなっていて、話にしか知らない。

父は紫蘭の師匠でとても厳しく、こんなにおだやかにやさしくされるのは、思い出せないくらい久しぶりだった。

紫蘭の生まれた里では、皆、用心棒として身を立てるのを生業としていた。もともと険しい山中に住んでいて、作物があまり育たなかったため、男たちが出稼ぎに行くようになったのだ。

そして、ひとりの若者が兵士として皇帝の軍で大きな功績を上げ、宮中の警備兵に取り立てられた。それから、里の若者たちは皆幼い頃から警備兵になるために養成されるようになった。

それから、優秀な警備兵を輩出する里として、もうひとつの需要が生まれた。

男だけではなく、女の兵が欲しいと秘密裏に要請があったのだ。

なぜなら、暁国皇帝は、後宮を構え多くの后妃を抱えている。その後宮は、男子禁制。皇帝が後宮内にいる時に警護するための兵も、男では入ることができない。

そこで、表向きは后妃として女兵を皇帝の警備につかせることにしたのだ。

厳しい鍛錬を経て、最も腕の立つ者だけが偽妃の警備兵『桔梗』として皇帝陛下のお傍に仕えることができる。

紫蘭はその『桔梗』候補として厳しく育てられた。

『桔梗』となるのは、大変な名誉だと、繰り返し言い聞かされたが、そんなことを言われても、子どもの紫蘭にはわからなかった。

皇帝陛下は、この国のいちばん偉い人。

子どもの紫蘭が知っているのはそれくらいだった。なにより里は田舎で皇帝の住まう都は遠く、皇帝が存在しているという実感もなかったのだ。

雲の上の方。

その表現がいちばんふさわしかった。

そもそも紫蘭はなにをやらせても不器用で、剣の扱いも、身のこなしも、他の『桔梗』候補の娘に比べてかなり劣っていた。

人より秀でたところはなにもないと自分でも思っていた。

だが、紫蘭は里の長(おさ)の娘で、どうしても周りの期待が大きかった。長であり師匠である父は、決して紫蘭を甘やかすことはなかった。里長の娘としてふさわしくなれ、と常に厳しく叱責されてきた。

「わたし……わかんないよ。どうして毎日あんな厳しい鍛錬を続けなくちゃいけないの……？」

子どもらしく遊んで過ごせる日はほとんどない。

紫蘭はつらいばかりの日々を切々と兄に訴えた。

「そうだな……」

承順は大きな手で紫蘭の頭をくしゃっと撫(な)でた。

「では、おまえに理由を教えてやろう」

「え？」

正直、理由などないと思っていた。

ただの生業。

農民の子は農民に、漁師の子は漁師になるのが当たり前となれば、里に生まれた者は、男であれば宮中の警備兵や兵士に、女であれば『桔梗』候補として育てられる。

なぜ『桔梗』と呼ばれているのかいまはもうよくわからない。昔、大きな手柄を立てた女兵が、桔梗の花のようだと言われていたらしい、という話が残るだけだ。

紫蘭は兄に手を引かれ、まだぐずぐずと泣きべそをかきながら歩いていると、ふと気づいた。

「ここって……」

紫蘭はまじまじと足下を見る。

「ああ、綺麗に整備されているだろう？　こんなに石を敷き詰めている道は、この暁国の都にしかないんだ」

これまで石畳の上など歩いたことがなかった。田舎はどこまで行っても土が剥き出しのあぜ道か、草っ原ばかりで、雨が降るとぬかるみ、まともに歩けなくなる。

ここではそんなことがないのだ、と紫蘭はぼんやり思った。

落ち着いて見回してみると、あたりの建物も整然としていて、屋根はすべて美しい紺色の瓦葺きだ。

紫蘭は、別世界に立っていた。

「こんなこと、本当はしてはいけないんだが……」

承順が塀にある細工の隙間の前に紫蘭を立たせてくれた。

声を出したりしてはだめだ、そっと覗くだけ、と言われ、紫蘭は息をのんだ。

一体、なにが見えるのか、まったく想像がつかない。

「もうすぐ博士の講義からお戻りになる頃だ」

長い外廊下が続く建物の前に、ぞろぞろと人が集まってきてなにかを待っている。

柄の長い豪華な房のついた日傘や、金細工の輿を担いだ者たち。

子どもながらそのものものしさに胸がどきどきする。

誰かがあの建物から出てくるのだ、と気づいた時、そこにいた者たちが全員一斉に膝をつき、頭を垂れた。

一体、どんな恐ろしい人が出てくるのだろう、と息を詰めて見守っていると、ゆったりとした足取りで現れたのは、ひとりの少年だった。

「え……」

紫蘭より少し年上の、やさしげな雰囲気の少年。黄色の袍には煌びやかな龍の刺繍。

大勢の大人たちにかしずかれ、おっとりと構えている。

長い髭を蓄えた老人たちがぞろぞろと建物から出てきて少年を見送り、礼をする。

「あのお方が今上帝慶晶さまだ」

「あの方が……？」

呆然としたまま紫蘭はつぶやいた。

「ああ、そうだ」

紫蘭はあれほどまでに麗しい人をはじめて見た。田舎で武術を磨くことが第一の暮らしをしてきて、華やかなものに触れる機会など当然まったくない。

身につけている豪奢な衣装はもちろんのこと、その雰囲気が明らかに他の誰とも違う。朝起きて、降り積もった真っ新な雪を見た時のような、一点の曇りもない姿がそこにあった。冴え冴えとした夜空にたったひとつ輝く星のように。

「『桔梗』になれば、おまえはあのお方に仕えるのだよ」

「わたしが？」

胸が苦しくなるほど、紫蘭にこれほど鮮烈な印象を与えた人はいなかった。

幼い紫蘭の目に、胸に、皇帝の姿が焼きついてしまった。

たった一度、目にしただけでこんなに恋い焦がれることなどあるのだろうか？

「兄上……『桔梗』になったら……もう一度、あの方のお姿を見ることができる？」

「陰ながらなら……そういう機会もあるだろう」

その言葉に、激しく胸が高鳴った。

もう一度、あの夢のような皇帝陛下の姿を目にしたい。

紫蘭は承順に付き添われおとなしく里に戻り、生まれ変わったように鍛錬に励んだ。

人より劣っているのなら、人の倍がんばればいい。

剣も弓もすぐには上達しなかったが、紫蘭はあきらめなかった。

いつしか誰よりも誰よりも努力していた。

それもすべて、もう一度皇帝のお姿を目にしたい、それだけが励みで、紫蘭の希望だった。

あまりの切なさにこんな記憶は薄れた方がいいのではないか、と何度も思ったが、そんな日はついぞ来なかった。

ずっとあざやかに咲き続ける花のように、紫蘭の胸に残る慶晶の姿はいつまでも色あせなかった。

まだ子どもだったけれど、いまに至るまで慶晶以上に誰かを美しいと思うことはなかった。

そして、十年後――。

紫蘭は晴れて『桔梗』に選ばれたのだ。

泣いて逃げ出すばかりだった紫蘭はもうそこにはいなかった。

誰もが一目置く里いちばんの手練れ。

紫蘭に敵う者は、すでに里にはいなくなっていた。

船を下りて雑踏を歩きはじめた紫蘭に声をかけてくる男がいた。

にこにこと愛想のよい顔をしている。

「そこの娘さん。都ははじめてかい？」

「いえ……」

紫蘭は足早に歩いて躱そうとしたが、男は気にせずついてくる。

「田舎から出てきたんだろう？　見ればわかるよ。行く当ては？　働き口はあるのかい？」

なにも答えず先を急いでいると、ふいに腕を摑まれた。

「まあ、待ちなって。いいところを紹介してやるから。まずはそこの茶屋でお茶でも飲んで話そう」

紫蘭は足を止めて振り返り、はっきり言った。

「結構です。この都で働いている兄をたずねるところですから」

「またまた、そんな見え透いた嘘ついたってこっちはわかるんだよ。どうせ田舎暮らしが嫌になって家を飛び出してきたんだろう？　ほら、悪いようにはしないから俺についてきなって」

紫蘭はふう、とため息をついた。

それを男は観念したと思ったのだろう、ぐいぐい腕を引き路地裏へと紫蘭を連れていく。

次第にいかがわしそうな店が並ぶようになり人通りもほとんどなくなってきた。

「そろそろ離してください」

紫蘭が足を止めると腕を摑んでいた男がつんのめりそうになった。

「なんだと？」

声音が変わって先ほどまでの張りついたような笑顔も消え、柄の悪い本性を現してきた。

「誰に向かって口をきいているんだ？　おまえはもう俺の女なんだよ。さあ、来い。娼妓（しょうぎ）としての技をたっぷり仕込んでやるからな。二度とそんな口をきけないように思い知らせてやる」

男が乱暴に腕を引っ張ったが、紫蘭はびくともしなかった。

「な……」

信じられないという顔で男がこちらを見た。

一見、華奢（きゃしゃ）な身体（からだ）つきの紫蘭が思い通りにならないことに驚いたのだろう。

「おまえ……っ」

男が手を伸ばし紫蘭の胸ぐらを摑もうとしてきた。紫蘭は逆に摑まれていた腕を素早く引き、ふいをつかれよろけた男のみぞおちに膝蹴りを食らわせた。痛みに前屈（まえかが）みになった男の首筋にすかさず手刀を叩（たた）き込（こ）む。

声も上げずに伸びて動かなくなった男を紫蘭は見下ろした。

「いけない。兄上との待ち合わせに遅れてしまう」

あわてて路地裏から大通りに戻り、人混みの流れに紛れる。

大通りを真っ直ぐ行けば皇帝の住まう禁城の正門へと続いていて、迷うことはない。その大通りの途中に設けられている、市中を警備する兵たちの詰め所で待ち合わせることになっていた。

歩きながら紫蘭は自分の身なりを確かめる。

都にはこれを着ていくように、と里で渡された襦裙だが、もしかして流行りのものではないのだろうかと心配になった。

以前、身につけるものには流行り廃りというものがある、と聞いたからだ。

野暮ったい格好なのかもしれない、と思うと元来気の小さな紫蘭は身がすくんでしまいそうになる。

なにしろ紫蘭は世間知らずで、年頃の娘にしてはこれまで身を飾ることを気にしてこなかった。もしかして笑われてしまうかも、と考えただけでおそろしい。

紫蘭はそっとあたりを見回した。

若い娘は大体紫蘭と似た格好をしているように見える。色や柄も同じようで特に奇異だったり地味だったりするわけではない。

だとすれば、やはりどこか雰囲気などで田舎者だとわかってしまうのだろうか。

飾り気のない襦裙だが、これまで女らしい格好などしたことのなかった紫蘭のため、少しでも慣れるようにと用意されたものだ。

こんなことでは先が思いやられる。

しっかりしなくては……と自分に言い聞かせ、また歩きはじめた。

警備兵詰め所に着いた紫蘭がおずおずと覗くと、中では若い兵たちが談笑していた。その中に懐かしい姿を見つけ、声をかけようとしたが、つい物怖（ものお）じしてしまう。

そんな紫蘭に、ふいに振り向いた兄が気づいてくれた。

「おお、紫蘭。無事着いたか」

「兄上」

承順も里帰りで年に一度しか会わない間にまた貫禄がついたようだ。

いまでは宮中の警備隊長に任じられている。

しばらく近況を報告し合った後、承順が言った。

「さあ、禁城へ向かおう」

うなずいて歩きだそうとした紫蘭ははっとして足を止めた。

「兄上、少しお待ちください」

紫蘭は荷物の中から携帯用の筆と懐紙を取り出す。

竹筒の中におさめられている筆にはすでに墨が染み込ませてあり、こうして取り出せばすぐ使えるようになっている。

紫蘭はさらさらと筆を走らせた。

「これを」

渡した紙を受け取った承順が怪訝(けげん)な顔をする。

「なんだ、この野卑な男の絵は？」

「船着き場付近で田舎から出てきた娘さんを待ち構えていて食いものにしている人です。わたしにも声をかけてきました。この人に無理矢理連れていかれて酷(ひど)いことをされている娘さんが大勢いるかもしれません」

紫蘭は先ほど起こったことを説明し、男はとても手慣れていて強引だった、と話した。

「本当は、すぐに近くの警備兵を探して、捕らえてもらうように頼めればよかったのですが、昏倒(こんとう)させてしまったので……」

大の男が伸びていたら、これはどうしたのかと警備兵にたずねられてしまう。紫蘭がやったと言っても信じてもらえないだろうし、説明もできないのでそのままにしてきたのだ。

「なるほど、あまり面倒を起こすのはよくないからな」

承順が担っているのは宮中の警備だが、王都の治安を悪くする者は捨て置かないはずだ。

「わかった。警備兵たちに伝えてくるからちょっと待っててくれ。まだ伸びているといいが、逃げてしまったかもしれん。その場合は、俺も同行してこの男を探してみよう」

「兄上もですか？」

「おまえの似顔絵はよく似ているからな。どれくらい似ているか見てみたいんだ」

手配のためにもう何枚か似顔絵が欲しい、と言われ紫蘭はその場で描き上げた。

承順が似顔絵を持って詰め所の中に戻っている間、紫蘭は身の回りの品をまとめた包みをぎゅっと抱きしめる。

だんだんと実感がわいてきた。

もうすぐ禁城へ着くのだ。

この国で最も尊い今上帝が住まう場所。

だからといって、城内はとんでもなく広くその存在を感じられることなど滅多にないだろう。

だが、紫蘭の胸は高鳴って仕方がなかった。

少しでも皇帝の傍に近づきたい一心でここまで来たのだ。

「さあ、行こう」

承順が戻ってきて、紫蘭はついに再び禁城の門をくぐった。


皇都の中心に皇帝が居を構える宮城。

九重の守りと謳われるように、どこまでも途切れない塀に囲まれ、敷地内には多くの役人たちの住居まで立ち並ぶ、まるでそこだけでひとつの都市のようだった。

中央の大門、建龍門（けんりゅう）の前に立った紫蘭はその威容に思わず足を止めた。

承順が隣に並び、同じように門を見上げる。

「少しはおぼえているか？」

紫蘭は呆然としながら首を横に振った。

「いいえ、まったく。あの時は右も左もわからない子どもだったので……」

しかも、必死だった。

田舎の里しか知らなかった子どもが、荷車に隠れてだったが、この宮城に忍び込んだというとんでもない大冒険だったのだ。

「俺はよくおぼえているぞ。陛下に献上する桃が運び込まれたと思ったら、荷の中から山猿が出てきたと騒ぎになってな。しかも、その山猿が俺の名前をわめいているっていうんだからら」

「あ、兄上……もう、それ以上は……」

紫蘭は袖で顔を覆った。

恥ずかしくて死んでしまいそうだ。

承順が朗らかに笑い紫蘭の頭に手を置いた。

「すまん、すまん。では、先を急ごう」

建龍門から中央を貫く広い通路は、皇帝が政を行う万象(ばんしょう)殿へと続いている。その通路を避け、ふたりは禁城の敷地内を北に進んでいった。

どれくらい歩いただろう。

ふいに承順が言った。

「おお、迎えが来たぞ」

後宮へと続く燕麗(えんれい)門の向こうに人影が見えた。女官がしずしずと近づいてくる

紫蘭の肩に承順の手が置かれた。

「紫蘭、わかっているだろうが、おまえは『桔梗』としていまからはじまるのだ。…よく陛下にお仕えするのだぞ」

紫蘭はじっと兄の顔を見返した。

「心して参ります」

こうして紫蘭は後宮の門をくぐった。

迎えにきた女官は、后妃たちが暮らす十二の宮殿の一つ、翠季(すいき)宮を管理する女官で、名を梓旬(ししゅん)といった。年齢は紫蘭の祖母くらいだ。紫蘭と同じ里の出身でもう何十年も後宮に勤めている、と兄から聞いている。

『桔梗』にはなれずとも、見栄えがよく気働きができる者はこうして女官として送り込まれ、『桔梗』を陰から支えていくのだ。

「今日からあなたは翠季宮の蔡妃として皇帝陛下にお仕えします、表向きは」

『桔梗』は梓旬の言う通り、表向きは皇帝の妃嬪として後宮に入る。

妃は后妃の位としては皇后、貴妃に次いで三番目で、定員はない。嬪は妃のさらに下の位だ。

貴妃はふたり、皇后はひとり、という定員があり、皇后はこの後宮で最高の地位だ。

そして、『桔梗』が女官ではなく身分を偽り妃嬪として入宮するのには理由がある。

女官は主人のために雑用をこなさなければならない。そうなれば、あちこちで用をなしたり必要なものを調達してきたりと、引き籠もっているわけにいかず、多少なりとも後宮で人間関係を築く必要がある。

だが、さすがに后妃であれば多少謎めいた存在でも正面から質してくる者はいない。

そうなれば、それなりに自由に動ける。

宮殿を留守にする時は、なにか楽器を奏でる音でもしていれば、不在を疑われることもない。

実際は、後宮内で不審な者がいないか見回り、目を光らせたりできるのだった。

「行動には気をつけなさいませ。誰かに本物の妃ではないことを疑われてはいけませんよ。

その上で、陛下のお命を狙う者が必ずいると思い、常に動くのです」

紫蘭は重々しくうなずいた。

「普段のあなたの世話は、もうひとりの仲間の女官が受け持ちます。よく言うことをきくのですよ」

「はい」

そうして、紫蘭は翠季宮の房に案内され、そこには先ほど話に出た、もうひとりの女官が待っていた。

「ふうん、あなたが新しい『桔梗』ね。あたしは英琳よ、よろしく」

英琳は遠慮のない視線で値踏みするように紫蘭を見た。紫蘭より十は年上だろうか。華やかな見た目でいかにも女官らしい。

「なんだかいままでの『桔梗』と、上手く言えないけど雰囲気が違うわね」

ふふ、と英琳が笑う。

「でも、それもいまのこの後宮らしいのかもしれないわ」

「どういうことでしょうか？」

髪飾りに手をやりながら英琳が話しはじめた。

「あなたも聞いたでしょう。いまこの後宮はおかしなことになっているわ。皇帝陛下の寵を受け、お子をなすための場所なのに、后妃さま方は皆形だけの妻なのだから」

「形だけの……」

英琳は紫蘭の私物を房に置くように言ったが、そのあまりの少なさに驚いている。

「たったそれだけ？」

「は、はい」

衣服や身につけるものは後宮で用意されているという話で、紫蘭が里から持ってきたのは文箱と硯と筆。旅の間に必要なものだけだった。

「おしゃれとか……あの里で育ったんじゃ無理よね。まあ、追々おぼえた方がいいけど」

確かに英琳は趣味のいい髪飾りに爪が赤かったりと、洗練された化粧を施している。

「えーっと、なんだっけ。あ、そうそう、後宮の話ね。まあ、おかげでいまは退屈なくらいおだやかなものよ」

寵を争うわけではないので后妃同士の諍いも特になく、平和なものらしい。

「はっきりいって、暇よ、暇」

部屋にあるものを一通り説明して英琳が肩をすくめた。

「だから紫蘭も『桔梗』として暇かもしれないわ。酷い時は后妃さま方で毒殺合戦なんてこともあったっていうけど、昔の話よ」

これまで彼女は三人の『桔梗』を支えてきたと話した。

「ひとりは途中で怪我をしてね。もうひとりは勤め上げて里には戻らず道観へ行ったわ」

怪我をしたそのひとりを紫蘭は知っていた。

とても腕の立つ『桔梗』と言われていたが、怪我をして里へ戻ってきてその後病で亡くなってしまった。まだ若かったのに。

「あとのひとりはすごく美人だったの。だから、目立たず暮らすことができなくてね。なにかと目の敵にしてくる妃がいて、酷い嫌がらせをされて気を病んで逃げ出してしまったのよ。でも、それは里の掟(おきて)に反することだから……」

紫蘭は息をのんだ。

逃げ出した『桔梗』は、いまもどこかで元気にしている……わけではない。

里の掟は厳しく、務めを果たさず逃げ出した者は追っ手をかけられて粛清される。

厳しく残酷な世界なのだ。

「その三人は全員自分ひとりで思い詰める子たちばかりだったわ。だから、困ったことがあったらなんでも言って？　がんばってちょうだいね。あなたの働きで里は飢えずに食べていけるんだから」

「はい」

『桔梗』が後宮で護衛を務めている間、里にはかなりの報酬が支払われる。裏を返せばそれだけ責任の重い任務ということだった。

紫蘭は決して自分の恋心のためだけにここにいるのではない。

「じゃあ、着いたばかりだけど後宮を案内するわ。ついてきて」

英琳が扉の前で振り返った。

なにを置いても後宮のことは隅から隅まで知っていなくてはならない。

気を引きしめて紫蘭は英琳の後をついていった。

紫蘭に与えられた翠季宮は小さな内院に池があり、今は睡蓮の葉が浮かんでいる。

とにかく後宮の敷地は広い、と英琳が言う。

「だから、私もなにか異常はないかできる限り目を配っているけど、大変よ」

心しておく、と紫蘭は答えた。

「宮殿には后妃さま方をはじめ、お仕えする女官たち大勢の者が暮らしているの。宮殿は十二棟もあるし、房の数は……本当にたくさんあるわ」

どれほどあるかははっきりとわからない、と英琳は肩をすくめた。

さらに、空いている房もかなりあるらしい。

「正確に把握している人はいるのかしらねえ？　ある程度、ここからここまでくらいって管理する女官がいるから、みんなの話をまとめるとわかるかもしれないけど」

どうしてやらないのか、と紫蘭がきくと英琳はうふふ、と楽しそうに笑った。

「仲が悪いの」

あっさりと言われ、紫蘭は面食らった。

「この宮殿の奥には、さらに独立した邸が四つあって、四季邸って呼ばれているわ。そのどこかで陛下は後宮での夜を過ごすの。ひとつは必ず皇后が、あとはその日に選ばれた妃嬪さまが邸にひとりずつ控えることになっているわ」

今上帝の後宮にはそれほど多くの后妃がいるわけではない。

邸には皇帝が指名した妃嬪や、そうでなければ後ろ盾の有力者の推薦する妃嬪が選ばれる。

「どなたが選ばれるかっていうのは、正直賄賂とかもあるのよ」

推薦する有力者の意向などを考慮し、選ばれた者が邸で皇帝が渡ってくるのを待つ。そして、そのうちのひとりの妃嬪に皇帝が夜伽(よとぎ)を命ずるのだ。

だが、今上帝は皇后に気を遣って他の妃嬪の閨(ねや)を訪れないようにしていると聞いた。

皇后はまだ六歳の少女で、夜伽ができる年齢ではないからだ。

「皇后さまがまだ子どもだから、三つの邸に選ばれる妃嬪さま方の間もそんなにギスギスしていないわ。誰が選ばれても陛下のお渡りがあるわけじゃないし、そんなに気にしていないからいまはおだやかなのよ」

皇帝が後宮で夜を過ごす時、紫蘭もその三つの邸のうちひとつに控えることになっているが、誰にも気にされないならその方がいい。

皇帝はまだ幼い皇后と兄妹(きょうだい)のように夜を過ごすだけ。

おかげで后妃たちは暇を持て余して暮らしているらしい。

一通り案内してもらい、迷わない程度に後宮の造りは把握した。あとは、ひそみやすい物陰がないか確認したり、目を閉じていても歩けるようになるくらいまで構造を頭に叩き込むだけだ。

おおよその建物の位置を教えてもらい、最後に後宮の中央にある月泉宮という宮殿を英琳が指さした。

「あそこはいちばん大きな宮殿で、后妃さま方の居室じゃなくて、大きな広間があるの。たまに、陛下が后妃さまたちを集めて楽師に音楽を奏でさせたり、舞を舞わせたりと催しがある時に使われる場所になっているわ」

月泉宮の周りには、厨房など使用人が働く建物があり、女官たちが忙しなく行き交っている。

「そろそろ房に戻りましょ」

后妃さま方への挨拶は明日になる、と英琳が言う。

「どうしたの？」

「少し気になることが……先に戻っていてください」

英琳はわかった、とあっさり房へ引き上げていった。

紫蘭はひとり月泉宮への廊下を進んだ。

内院に面した廊下は等間隔に柱が並んでいる。

女官たちが行き交い、たまに立ち止まっておしゃべりしたりしている中に、ひとり落ち着きのない女官がいた。まだ年若い女官でなにかあたりを気にしながらきょろきょろしている。

紫蘭はさりげなくその女官の後をつけた。

月泉宮の廊下を通り、東へ向かっていく背中を見失わないように距離をとってついていくと、女官がふいに立ち止まった。

またあたりをきょろきょろと見回し、そして、手にしていた器からお菓子をひとつぱくりと口に入れた。

「……摘まみ食い？」

女官は一瞬しあわせそうな顔をしてお菓子を味わった後、そそくさと廊下を急いで行ってしまった。

様子がおかしかったのは、摘まみ食いをするつもりだったからだ。

思わずくすりと笑いが零れ、肩の力が抜けた。

だが、これでこの後宮はのんきなものだ、と油断はできない。

確かに、今上帝の二代前は国と政治が荒れていたが、皇后の祖父である許宰相のおかげで建て直され、いまは皇位を争うきな臭い動きもない、と兄は言っていた。

ただ、先代皇帝には皇子が三人いて、その中から許宰相の後ろ盾で今上帝、慶晶が帝位についたのだった。まだ若くすべての権限を掌握してはいない慶晶の帝位は盤石ではないとも兄は話していた。

　そんなことを思い出しながら、紫蘭は迷わず翠季宮に戻ると、先に戻っていた英琳が長椅子に寝そべっていた。

「あら、意外と早かったわね。で、なにが気になったの？」

「それが、わたしの勘違いでした」

　紫蘭は先ほど見た摘まみ食いのことを話すと、英琳がけらけら笑った。

「よくあることよ、東の宮殿だったら皇后さまのところの女官かもしれないわね」

　息抜きしないと女官なんてやってられない、と言いつつ英琳が大きなあくびをした。

　そうして夜も更けて誰もが寝入った時間、後宮内で動くものは紫蘭だけとなった。翠季宮から抜け出し、それでも用心して柱の陰から陰へ素早く移動していく。

　そうして月泉宮の庇(ひさし)の下へ辿(たど)り着(つ)き、紫蘭は足を止めた。頭上を見て、手がかかりそうな装飾を探す。ほんの少しでもとっかかりがあれば壁などいくらでも登れるからだ。紫蘭はひょいと跳び上がり、庇の装飾に手をかけ屋根の上に出た。

　屋根から後宮を全体を見下ろすように眺める。

　敷地は、月明かりにうっすらと照らされ、ところどころ篝火(かがりび)や灯籠がたよりなく燃えている。

　しばらく目を光らせていたが、あやしい影はない。

『桔梗』は、皇帝の護衛だが、その妻である后妃たちも守る必要がある。

英琳が言うには、誰かに命を狙われるとしたら、それはやっぱり許皇后だということだった。

許皇后の住まいである華観宮をしばらく見張っていたが、静かなものだ。

後宮をぐるりと囲む塀を乗り越えようとする者も見当たらなかった。もっとも、塀の向こうでは兄たち宮中警備兵たちが頻繁に見回りをしている。

やはり、容易に入り込むことはできないようになっているのだ、と紫蘭は感心した。

そろそろ房へ戻ろう、と思い踵を返すと、足下で音がした。

「……これは」

屋根瓦が一部割れている。

屈んで調べると、誰かが踏み割ったような形跡があった。

割れた断面が風雨に晒されていて、最近割れたものではないようだが、紫蘭のように屋根を伝っていった者がいるのかもしれない。

やはり、後宮には息をひそめ暗躍している者がいると思っておいた方がいいだろう。

こうして紫蘭は少しずつ後宮の造りを頭に叩き込んでいった。

翌朝、日の出と共に目を覚ました紫蘭は、ひとりで身支度をして翠季宮の内院に出た。

すがすがしく気持ちのいい朝だ。

紫蘭が背を伸ばし、大きく息を吸い込んだところ、ふと思いついた。

屈み込んで翠季宮の縁の下を覗き込むとやはりなにかが床板に張りついている。

紫蘭は手を伸ばし、蜘蛛の巣に引っかかりながらそれを剝ぎ取った。

見ると漆黒の髪の束に、札が巻いてある。

「これは……」

おそらくよくある呪いの類いだ。

護衛は、武術だけではなくこうしたもの、主に害をなす恐れのあるものに対する知識も持っていなくてはならなかった。

紫蘭は手の中にある呪物をじっと見つめた。

この髪の持ち主が、後宮の誰かを呪ったのだろう。

以前の翠季宮の主か、はたまた……。

「嫌な感じ……」

まさに後宮という場所の凄まじさを物語っていた。

房に戻ると英琳が手持ち無沙汰な様子で爪を磨きながら待っていた。

「早起きねえ。后妃さま方は昼前までお休みになっているわよ、夜伽もないのに。それで、どうだった？　なにかあやしいことでもあった？」

「これが……」

紫蘭が手にしていた札の巻かれた黒髪の束を差し出すと、英琳が引きつった顔で爪やすりを取り落とした。

「これって……」

「呪いだと思います。ただ、お札も色あせていますし、ずいぶん古いものではないかと……」

うんざりしたように英琳が紫蘭の手元から目を逸らす。

「はあ、やだやだ、朝から……」

寒気でもしたのか、英琳は自分を抱きしめるようにして腕をさすっている。

「でも、呪いなんて後宮じゃ、かわいいものかもしれないわね」

紫蘭は髪の束を香炉に入れ、その上に穢れを清める香を置いて火をつけた。香炉の蓋をすると、その穴から煙が立ちのぼってきた。

風もないのに、煙はのたうち回る蛇のように揺らめいている。

「ちょっと……気味が悪いわ、生きてるみたい」

香のおかげで髪の焼ける嫌な匂いはしなかった。しばらくすると煙はすうっと薄れて消えてしまった。

「なんだか、不吉な予感がするわ」

煙のあとを眺めながら英琳がつぶやいた。

「はあ……後宮では毎日朝と夕方、妃嬪さまたちが皇后さまに挨拶することになってるんだけど……」

幼い皇后は形式ばったことを嫌い、朝夕に妃嬪から挨拶を受けるのも面倒がって月泉宮にほとんど姿を見せたことがないという。

よって、通常なら新入りの妃嬪はそこで挨拶と紹介を済ますが、いまはそうはいかないらしい。

「まずは皇后さまにご挨拶しないとね」

そう英琳が言い、皇后の住まう華観宮へと向かうことになった。

「ただ、挨拶にうかがっても会ってくださるかはわからないけどね。乳母の女官が取りなしてくれればいいけど、うまくいくかは皇后さまのご機嫌次第よ」

月泉宮の内院に差しかかったところで、なにか騒ぎが聞こえてきた。最初は后妃の誰かがなにか催しでも開いているのかくらいのものだった。

ずいぶんとにぎやかな、と思ったがどうも楽しそうではない。

内院は梅林のようになっていて、そこで后妃たちが騒いでいる。

よく見ると、ひとりの妃が梅の木に取りついて泣き叫んでいて、その足下で小さな犬がキ

ヤンキャンと吠えていた。

「お、おやめください……わ、わたくし……犬が苦手で……皇后さま！」

さめざめと泣く妃を眺め、楽しそうにはやし立てているのがおそらく許皇后なのだろう。

噂の通りまだ幼い少女だ。

贅を尽くした衣を纏い、ゆるく結った髪に金の蝶を象った髪飾りをつけている。

「そなたよりも小さな犬を恐れるとは、まったく滑稽じゃな」

子どもらしい無邪気さの中にも尊大さが目立つ少女だ。

妃嬪や女官たちは、相手が相手なだけに手が出せずにおろおろしているだけだ。端の方ではいい気味とばかりにほくそ笑んでいる者もいる。

この騒ぎを見ていられず紫蘭は足下の小枝を拾い上げた。

「紫蘭？」

英琳がぎょっとしていたが、紫蘭は泣いて怯えている妃を放っておけなかった。鋭く口笛を吹き、犬の注意をこちらに向ける。

そろそろ妃に吠え立てるのに飽きていたのか、犬はすぐに振り向いた。紫蘭は持っている枝を振ってみせ、犬が興味を持ったところで見えなくなるくらい遠くに放り投げた。

犬は夢中で枝を追って駆けていき、おかげであたりはすぐに静かになった。

「な、なにをする！」

声を荒らげた許皇后の姿は、まさに楽しみを邪魔された子どもの癇癪（かんしゃく）そのものだった。

「そなた、わらわの犬だとわかってやったのだろうな！」

紫蘭は地団駄を踏む許皇后にはかまわず、まずは梅の木に取（と）り縋（すが）っている妃に声をかけた。いまにも枝が折れそうで、このままでは落ちて怪我をしてしまうと思ったからだ。

「大丈夫ですか？」

紫蘭は梅の木に近づき、泣きじゃくっている妃に声をかけた。

妃はようやく我に返ったのか、涙に濡（ぬ）れた瞳で紫蘭を見た。

「さあ、あぶないですから、もう降りて」

手を差し伸べると、おそるおそる妃が紫蘭に体重をあずけてくる。同じくらいの背格好だが、鍛えている紫蘭にとって妃のか細い身体を抱きかかえることなど造作もない。

「あ……ありが……」

まだ動揺しているのか、言葉にならない妃をそっと下ろした。へなへなと腰が抜けてへたり込んでしまいそうな妃を女官が駆け寄ってきて支えた。

「そなた、差し出がましい真似（まね）を……っ」

紫蘭は許皇后を振り返り、伏して言った。

「申し訳ございません。ですが、あのようにけしかけては犬の躾（しつけ）にもよくないと思いましたので」

いつか主人を噛(か)むかもしれない、と紫蘭は訴えた。

紫蘭の里では山に薪を取りに行く時などに、犬を狼避(おおかみよ)けとして連れていく。世話は子どもの役目で、紫蘭は犬の扱いに慣れていた。

「そんなことより、そなたのせいでわらわの犬がどこかに行ってしまったではないか！　お祖父(じい)さまにもらった大事な犬なのに！」

こんな広い後宮の中では迷子になってしまう！　と許皇后がわめく。

「枝を見つけたら戻ってくるでしょう。ですが、ご心配でしたらわたくしが探してまいります」

立ち上がろうとした紫蘭に厳しい叱責が飛んだ。

「待て！　まだ話は終わっておらぬぞ！」

「驚いたな」

突然場違いな声が聞こえた。

女ばかりの世界に、聞き慣れない低い響き。

紫蘭は呆然として声がした方に目をやった。

信じられないことが起こっている。

まさか、そこにいるのは……。

「陛下」

許皇后の無邪気な声に呆然としていた紫蘭は我に返った。

麗しい姿の青年、それはこの国の皇帝、葉慶晶だった。

紫蘭が十年前に一度見たきりの姿が、時を経て面影を残しながらも凛々しい青年へと成長し、そこにいる。

「ずいぶんとにぎやかだと思わず見に来てしまったぞ」

「皆でわらわの犬と遊んでいたのに、そこの者が……おや？」

許皇后が振り返る寸前、紫蘭は近くの四阿の陰に飛びすさり身を隠した。皆が皇帝と皇后に注目していたからだ。そして、そのまま身を屈め、梅の木の間を素早く走り抜けた。

まさか、まさか！

皇帝陛下……紫蘭がずっとずっと想い続けていた人。

それが――！

紫蘭はいたたまれなくて思わず逃げ出してしまったことに気づいた。

「どうしよう……」

逃げ出す前に英琳がこそこそとその場を去るのは見えたが、いまから戻ってあらためて許皇后に入宮の挨拶などできるわけがない。

なるべく目立たないようにしなくてはならないのに、さっそく問題を起こしてしまった。

だが、あの怯えて泣いていた妃の姿を見過ごせなかったのだ。

「わたしとしたことが……」

のこのこ戻るわけにはいかないが、そもそも後宮に入ったばかりの紫蘭のことなど誰もまだ知らないはずだ。後で探し出されて許皇后の叱責を受けるかもしれないが、皇帝の前でなければかまわない。

ため息をついてから、気を取り直して許皇后の犬を探していると、意外とすぐ見つかった。犬は、ネズミの通り道でもあるのか後宮を取り囲む塀の下を夢中で掘り返していて、真っ白な身体が泥だらけになっていた。

口笛を吹くと犬ははっと耳を立て顔を上げた。その様子から、この犬は許皇后のもとへ贈られる前にある程度躾がされていたのがわかる。だが、主人が正しい扱いを知らずに、ただかわいがるだけでは犬は増長し、すぐに言うことを聞かなくなってしまう。

「おいで」

紫蘭が声をかけると犬は素直に寄ってくる。しかも、穴を掘っている間放り出していた紫蘭の投げた枝を自慢げに咥(くわ)えてやってきた。

「おまえは賢いね」

抱き上げて頭を撫でてやると犬はうれしそうにしっぽを振った。

そのかわいらしい様子を見て和んだ心に皇帝の姿が浮かんできた。

あの姿、あの声……。

「声……はじめて……」

おだやかでよく通る声。

まるで優雅な歌を聴いたようだった。

もう一度紫蘭はため息をついた。

信じられない。

ずっとあれこれと勝手な想像はしていたが、実際に声を聞ける日が来るなんて思っていなかったのだ。

思い出すだけで胸が苦しくて紫蘭は腕の中の犬をぎゅっと抱きしめた。

行き場のない皇帝への想いが胸を突き破ってしまいそうだ。

「……っ」

涙が滲(にじ)んできて紫蘭は犬の首元に顔をうずめた。

もうこれだけで、紫蘭は『桔梗』になるためのつらかった日々のすべてが報われたと思った。


すっかり日が高くなってしまい、紫蘭は犬を許皇后の住まう華観宮へ戻しに行った。すると、お付きの女官が出てきて、紫蘭を見るなり驚いた声を上げた。

「小龍(しょうりゅう)さまがこんなにおとなしく抱かれているなんて!」

いつもは誰かが触れたり抱き上げようとすると歯を剝いて唸るらしい。

どうやら皇后の大事な犬ということで、女官たちは腫れ物に触るように世話をしているようだ。紫蘭は事情を話し、自分は先日入宮した蔡妃だと告げた。

「蔡妃さまは、犬の扱いに慣れていらっしゃるのですね」

紫蘭は女官に乞われて犬の世話の仕方と躾を教えた。

「皇后さまはいまお食事を召し上がっています。蔡妃さまが犬を探してきてくださったことを伝えて、私からよく謝っておきますから、もうお帰りになってくださいませ」

女官は皇后は気まぐれでまだ子どもだから、食事をすればもうすっかり忘れていると思う、だから気にしなくていい、と気を遣ってくれた。

紫蘭は礼を言って辞し、自分の房へ帰ると英琳が叫んだ。

「あれからどこに行っていたの！」

しかも、泥だらけじゃない！　と悲鳴を上げる。

「はやく、湯を！」

紫蘭は子どものように湯船に追い立てられ、英琳に髪を洗ってもらいながらあの後の話をした。

「犬は見つかったのね」

英琳はすぐに梓旬に相談しに行き、許皇后へは後日また挨拶に行く、と伝えてもらったらしい。

「迷惑をかけてすみませんでした」

「でも、香貴妃さまにはばっちり恩が売れたわ。あ、紫蘭が助けた方が香貴妃さまなんだけど」

皇后に次いで身分の高い貴妃だが、おとなしく物静かな人らしい。

「今日みたいに皇后さまは、諫める者がいないからって、わがまま放題に振る舞っていらっしゃるわ。女官たちも手を焼いているのよね。だから、いくら子どもでも妃嬪さまたちからも嫌われているわ」

はっきりと英琳は言った。

確かに、あのわがままぶりでは無理もないだろう。

湯から出て着替えると、用意してあった食事を卓に並べてくれながら英琳が続ける。

「でも、皇后さまは少しおかわいそうなのよね。まだあんなお小さいのにお母さまのもとを離れて後宮で暮らさないといけないのだもの」

それがこの後宮で最も高い並ぶ者なき身分だとしても、と英琳は言った。

「もともとお母さまが病弱で、ずっとお祖母さまに育てられたらしいわ。許宰相の奥さまね」

なるほど、だからあのように子どもらしくない話し方なのかもしれない、と紫蘭は思った。

許皇后は生まれてからすぐに皇后となるべく育てられ、そして一年前、後宮へ入った。もちろんまだ皇后として夜伽ができる年齢ではない。

本来であれば、ふさわしい年頃になるまで入宮はしないことになっている。だが、許宰相の身内には慶晶に釣り合う年齢の娘がおらず、皇后が年頃になるまで待っていたら、他の妃が子を産んでしまう。

そうなることを阻止するため、皇后はやや強引な入宮になったという。

「陛下はそれでもいいと思われているみたいね。いま宰相の機嫌を損ねて見限られるわけにはいかないもの。陛下が他にご兄弟がいる中で皇帝の地位に登れたのも、許宰相に強く推挙されたからだというし。ご自分ですべての権力を掌握するまでは、と思っておられるみたい」

それはそろそろ叶(かな)いそうだという噂だと英琳は話した。

そうなれば、慶晶は、気に入った妃を見つけ寵愛するだろう、とも。

紫蘭の胸に鋭い痛みが走ったが、すぐにそれを打ち消す。

そんなことは覚悟して入宮してきたのだから、傷つくなんておこがましい。

「どうしたの？」

箸を持ったままぼんやりしている紫蘭の顔を英琳が覗き込んできた。

「いいえ、なんでもありません」

曖昧に微笑んで食事をはじめる。

後宮の料理は品数も多く、紫蘭ははじめて卓についたとき、こんなに食べられない、とあわてたが、主人が食べた後、仕える者たちが食べるために量が多いのだという。本当は英琳と紫蘭に身分の差などないが、いつ誰に見られるかわからないので、一緒に食事はしないことにしている。

「あ、そうそう。そういえば、知らせがあったのだけど、明日の夜、陛下が後宮にお渡りになるそうよ」

「……っ」

紫蘭は箸を取り落としそうになった。

「どうしたの？」

「そ、そんな大事なことは、早く言ってください」

皇帝といえば夜は後宮で過ごすものらしいが、慶晶はあまり足を向けないと言われていた。忙しさを理由に普段から私室のある永祥宮で寝起きをしていると。

「あら、ごめんなさい。いろいろあわただしかったから。でも、そんなあらかじめ知っておかないといけない？」

「心の準備というか……見回りしたりと気をつけることがあるので」

なんとか誤魔化しそう言うと、英琳は納得したようだった。

夜も更け、一通り後宮の見回りを終え、寝室にひとりになると紫蘭は文箱を取り出した。

その中におさめられた紙の一枚をそっと広げる。

いちばんよく描けたと思っている、まだ幼さの残る慶晶の姿絵だ。

これからどのように成長されただろう、と昔はいろいろ想像したものだ。だが、実際は想像以上に凜々しい青年へと変わっていた。

「あのお姿……」

紫蘭はさっそく筆を取った。

今日十年ぶりに目に焼きつけた皇帝の姿を忘れないよう写し取らねば！

筆を墨液に浸し、いざ紙に向き合うと手が震える。

「……っ」

皇帝の面影を思い出すだけで胸がどきどきして落ち着かない。ついにぽろりと筆を落としてしまった。

「……あんな麗しいお姿……とても描けない……」

だが、忘れてしまいそうで怖かった。

「このままじゃ眠れないものね……」

紫蘭は気を取り直してまた筆を取った。

「落ち着いて……描かなきゃ……」

何度も胸の内で思い返した慶晶の姿を紙に描いていく。
だが、いくら描いても満足できない。
ようやく朝方、まさに写し取ったというくらいのものが描き上がった。
「できた……」
紫蘭は姿絵を高く掲げ、しばし見入った。
やさしい眼差し、高くてすっきりした鼻梁。おだやかに結ばれた口元。
見たままによく特徴をとらえていると自分でも思えた。
「この方が声を……かけてくださったなんて……」
紫蘭は姿絵を見ながらしみじみとつぶやく。
こうして自分で描いた絵の姿を眺めているだけで満足だった。
ずっとこの面影だけを支えにここまできたのだ。
しばらく眺めて紫蘭はやっと我に返った。
「いけない、少し眠らないと」
うっすらと夜が明けてくるのに気づいて姿絵を大事に文箱にしまい、気を引きしめた。
今宵は皇帝が後宮に渡ってくる。
紫蘭にとってははじめて護衛としてあたりを警戒するという任務があるのだ。

夜が更けるのを待っていると、夕方、翠季宮を留守にしていた英琳が戻ってきて言った。

「じゃあ、紫蘭は南にある南水邸に控えるようにね」

「はい」

邸のどこに誰が選ばれるかはその日の夕方に知らせが来る。

だが、今は皇后以外、誰が呼ばれても同じということで、上から身分の高い順に選ばれているらしい。

まずは当然許皇后、次いで宗貴妃と香貴妃、そして紫蘭が控えるように知らせが来た。

以前は皇帝の居室に后妃が尋ねていく方法がとられていたが、それでは皇帝が夜どこにいるかがはっきりしてしまって危険だと訴えてきた皇后のために変わったらしい。

四季邸は四つの邸が東西南北に配置されて建っている。

その敷地には大きな池があり、皇后が控える北雪邸だけがその池に浮かぶように建てられ、いちばん安全な邸となっている。

つまり、身の危険を感じている皇帝は自然と皇后の控える北雪邸へと足が向く、という仕組みらしい。

四季邸を建てるよう進言した皇后の策略だったという話だ。

だが、今は選ばれても皇帝は渡ってこないのだ。女官も連れていけない決まりでは暇を持て余してしまい、選ばれるのをよろこぶ妃はいないという。そうなれば、嫌なことを引き受けるのは身分の高い者の役目とされていた。

「危険なものじゃなかったら暇つぶしになにか持っていってもいいことになっているわ」

書物を読んだり機織りをしたりしている妃もいたという話だった。

「暇つぶし……」

皇帝が訪れないとはいえ、さっさと寝ることは許されないらしい。

確かに大変な務めだ。

「あと、皇后さまだけはまだ幼いから乳母である女官が付き添うのを許されているのよ」

なるほど、と思いつつ紫蘭は英琳に見送られ、はじめて南水邸に足を踏み入れた。

室内は、壁や柱の装飾は豪華だが、調度が牀榻だけ、とあからさまな設えになっている。

英琳によれば、生活する場ではないし、誰かがひそんだりする物陰があってはいけない、ということらしい。

奥の間には湯が用意されていて、すぐに使うように、と言われていた。

紫蘭は言われた通り湯を使い、身支度をした。

ここでは自分のことは自分でやらなくてはいけないことが、また后妃たちの不満らしいが、紫蘭は平気だった。人に世話をされることの方が気疲れする。

身支度も終わり、紫蘭は窓から目立たぬように顔を覗かせた。

この南水邸は最も身分の低い妃のための邸だが、いちばん見張りがしやすい邸になっている。代々の『桔梗』もこの南水邸に控え、皇帝の身辺を警戒していたという。

今宵は、北雪邸に皇后、東梨邸、西竹邸に貴妃ふたりが控えることになっている。

しばらく待っていると、皇后の控える北雪邸へいくつもの灯りが続いていくのが見えた。

慶晶が渡っていくのだ。

英琳の話では、皇后のもとへは形式的に訪れているだけだという。そもそも皇后は子どもで、すぐに眠ってしまうからだ。

控えるように言われた南水邸の窓から、紫蘭はどきどきしながらその灯りの列を見ていた。

そこに慶晶がいるのだと思うと、姿は見えなくても胸がときめく。

そして、その灯りが皇后の邸に吸い込まれていってほっとした。

もし、急に気が変わって慶晶が他の妃の邸に入ったら、と思うと落ち着いてはいられない。

そんなことになっても、紫蘭が気を揉むことではないし、どうにもできないことだが、やはり胸が騒いでしまう。

もうしばらく様子を見てから、あやしい者がひそんでいないか見回りに行くつもりだった。

もし暗殺者が近くにひそんでいたとしても、皇帝が邸に入ってすぐに行動には移さないだろう。夜が更けるのを待てば人は寝入ってしまうのだから。

寝込みを襲う、暗殺にはそれがいちばん確実だ。

だが、なにかがこちらの邸に近づいてくる気配がする。

「なに……？」

紫蘭のいる邸に誰がなんの用があるというのだ。

まさか刺客に紫蘭という護衛がいると気づかれている？

紫蘭は緊張した。

確かに、暗殺を成功させるには、あらかじめ護衛は始末しておいた方がいい。

だとすればいまこちらに向かってきているのはおそろしい手練れだ。

護衛の存在に気づいたことといい、こんなに堂々と向かってくるのだ、よほど腕に自信があるに違いない。

紫蘭は息をのんだ。

相手がかなりの手練れとなれば、果たして敵うだろうか。

「……っ」

なにを弱気になっているのかと紫蘭は首を振り自分を叱咤した。

やってくるのが暗殺者ならば、なんとしても紫蘭がここで食い止めねばならない。

そうでなければ皇帝を守る者はいないのだ。

この命にかえてもお守りする。

その揺るぎない決意を胸に、紫蘭は息を殺し身構えた。

相手の出方にどう対応するかが目まぐるしく頭の中で繰り広げられる。刺客がこの邸に入ってきても、あらかじめこの邸の間取りと構造を把握している紫蘭の方が有利だ。

どんな敵が襲ってきたとしても、必ずや倒し息の根を止めねばならない。

全神経を尖らせるように構えていたが、なにかがおかしい。

邸の外に気配が近づいてくるが、殺気は感じられない。

それどころかあたりを警戒しているような雰囲気もなく、無造作に近づいてくる。

一体どんな暗殺者で、どんな作戦なのか。

こちらの動揺を誘っている？

はたまた誰を恐れることもないほどの手練れなのか……。

ついに足音は止まらず房の中にまで入ってきて、紫蘭はぎくりと身体を強ばらせた。

「うん？　そなたは……」

現れたのは、慶晶だった。

「え……」

なぜ？

飛びすさりそうになった紫蘭は不自然な姿勢のまま動きを止めていた。

皇帝を導く灯りは皇后の控える北雪邸へすべて入っていき、案内役の灯りが元来た道を戻っていった。その後、あたりは暗いままだった。皇帝は灯りも持たずにひとりで歩き回ったりしないはずなのだが……。

「あ、あの、お、お、おそれながら、こちらは南水邸でございます、が……」

それだけ言うのが精一杯だった。

まさか、皇帝に直接口をきくことがあるなど考えたこともなかったのだ。

だが、慶晶は紫蘭の動揺には気づいた様子もなく、確かめるように顔を見ている。

「そなた、皇后の犬を追い払った妃だな。名はなんという？」

喉が凍りついたように言葉が出てこないが、このまま黙っているなど無礼極まりないと思い、紫蘭はなんとか声を絞り出した。

「わ、わたくしは、蔡妃、紫蘭と申します」

「紫蘭か」

一体、なにが起こっているのだろう？

皇帝が紫蘭の名を呼ぶなんて。

そんなことがあれば、天にも昇るような心地になると思っていたが、実際はよろこぶどころではなかった。頭が真っ白になって身体が動かない。

とにかく、この状況からなんとか抜け出さなければ、という一心で紫蘭は言った。

「今宵は月が出ておりませんから……道が暗かったのですね」

訪れる先を間違えても仕方がない、月が出ていなかったのだから。

皇帝の過ちを正面から指摘するなど不躾だと思った紫蘭は、なんとかもう一度遠回しにここは皇后の北雪邸ではないと伝えようとした。

だが、皇帝は間違いを気にしている様子でもない。

「今宵は後宮を訪れるのが遅くなってな。すでに皇后は眠っていて、いつもはたわいもない遊びなどでも無聊を慰められるものだが、それもなければ、あまりにも夜が長い」

この状況に混乱しているのもあるが、紫蘭には意味がわからない。

そもそも、皇帝は訪れる邸を間違えた……と、思ったが、一度は皇后の邸に入っていったのだ。なぜ、わざわざここにいるのだろう？

北雪邸以外をたずねるはずはないのに。

「な、なぜそのようなことを……わたくしに？」

「わからぬか？」

なぜか慶晶の視線にどきりとした。

艶やかな目がひたと紫蘭に向けられている。

「私も若い男だ。眠れぬ夜もある」

「え……」

つまり……？

「普段はなるべく抑えているがな」

状況を理解せず立ち尽くしたままの紫蘭に慶晶が腕を伸ばしてきた。

どんな攻撃にも咄嗟に反応するように訓練された身体が動かない。

だが、すんでのところで我に返り、紫蘭はその腕からすり抜けた。

慶晶はまさか逃げられると思っていなかったのだろう、少し意外そうな顔をしている。

「なぜ逃げる。私は皇帝だぞ？」

その言葉にぎくりと動きが止まる。命じられて逆らっていいものか、紫蘭は迷った。

だが、このまま慶晶と一夜を過ごしていいはずがない。

紫蘭は、本物の妃ではないのだ。

「おそれながら……わたくしは、まだ後宮に入ったばかりの、不調法者でございますので……その、なにかと至らないかと……」

「夜伽を辞退すると？　おかしなことを申す妃だな」

じりじりと後退っていた紫蘭の腕をついに慶晶がとらえた。

「内院で見た時から、そなたのことは気になっていたのだ。この邸を訪れたのはたまたまだったが、巡り合わせと思うとおもしろい」

引き寄せられそうになり、紫蘭はついにするりと腕から逃げ出し床に平伏した。

「も、申し訳ございません。わたくしは、夜伽を務めるわけにはいかないのでございます」

どうしてこんなことになっているのだろう。

なぜ……！

だが、もう事情を明かすしかこの場から逃れる術はない。

紫蘭は言葉を無理矢理絞り出すよう告げた。

「わたくしは、『桔梗』の者なのです……っ」

言ってしまった。

激しい後悔に紫蘭は気が遠くなりそうになる。

皇帝も『桔梗』の存在は知っているという。だからといって、陰から皇帝を守るための存在なのだ。自ら『桔梗』だと明かすなどもってのほか。皇帝に仕える者は大勢いる。だが、大局を見なくてはならない皇帝が、仕える者に心を砕くことはあってはならない。皇帝の心を煩わすようなことは極力避けねばならないのだ。

「なるほど『桔梗』なのか、そなたは」

それで合点がいった、と慶晶は続けた。

「犬を追い払った時、あの枝を投げた腕のしなやかさ。只者ではないと気になっていたのだ」

そんなふうに認識されるなど思ってもみなかった。

「ですから、何卒ご容赦ください……っ」

紫蘭は床に額を擦りつけて懇願した。

これでお終いだ。

紫蘭は『桔梗』の任を解かれるかもしれない。

こんなすぐに……なにもできないまま……。

平伏したまま震えている紫蘭の腕が取られた。

「え……？」

思わず顔を上げると、すぐそこに慶晶の顔があった。

「『桔梗』だからなんだというのだ？」

「は……」

紫蘭は呆然と慶晶の顔を見返した。

「私はこの後宮で、后妃だけでなく、女官でも好きにできるのだ」

「で、でしたら、わたくしで……なくても……っ」

後宮には目移りするほどの美姫が大勢いて、皆皇帝の寵を求めているのに。

「確かに、今宵は誰でもいいと思っていたが……そなたがいい」

「……っ」

「『桔梗』、紫蘭。そなたに皇帝として今宵の伽を命ずる」

雷に打たれたような衝撃が紫蘭の身体を震わせた。

これは、命令なのだ。

紫蘭は、皇帝に仕える身として従わなくてはなくてはならない。

だが、頭ではわかっていても、おそれおおくて自らは動けないでいた。

すると、慶晶は床に縮こまっている紫蘭を軽々と抱き上げ、歩いていく。

そうして牀榻の上に下ろされた。

「陛下……」

ここは覚悟を決めるしかない。

紫蘭は恥を忍んで正直に言った。

「わ、わたくしは、『桔梗』です。陛下をお守りする術は誰よりも磨いてまいりましたが、こ、こういう、よよよ夜伽については、まったく……なにも……っ」

もちろん、ある程度男女の営みについては知っている。

だが、ここは後宮だ。

閨（ねや）の心得というものがあると小耳に挟んでいた。それはとても特別なことで、この後宮に伝わる門外不出の技だとも聞いていた。

だが、紫蘭はそんなものはなにも知らない。

妃と違い『桔梗』には必要ないことだからだ。

紫蘭の帯を解きながら慶晶がくすりと笑いを漏らす。

「それならそれでいい」

「ご迷惑を……おかけするやも……っ」

じたばたする紫蘭の腕が慶晶の手で押さえられた。

「おとなしく従え。悪いようにはせぬ」

薄闇の中で紫蘭を組み伏せて見下ろす慶晶は妖艶とも言えるほど艶めいていて、目が離せなくなってしまう。

「それに、この方が私の身を守りやすいだろう？」

「そ、そんな……」

どんな困った状況でも身体が動くように訓練はしてきた。だが、それは多くの敵に囲まれた時や、突然寝込みを襲われた時などだ。牀榻で組み敷かれ理性が保てないような状況など想定していない。

「いくら『桔梗』とはいえ、よもや、後宮に入ったのに私の寵を受けることを一度でも考えなかったと言うのか？」

「っ！」

思わずぎくりと反応してしまった紫蘭を見て、慶晶がほくそ笑むようにくちびるの端を吊り上げた。

そんなこと、おそれおおくて一度も考えたことはない……とは言えなかった。

ここは後宮で、后妃たちは皇帝の妻だ。

紫蘭は、陛下の腕の中でどう振る舞えばいいのだろうか、などと具体的なことはなにも想像していないが、ふたりだけの時間を過ごせたら、とは考えたことがある。

自分の浅ましさを知られてしまったと紫蘭は恥ずかしくていたたまれなかった。

「なにを泣くことがある」

「で、ですが……」

涙が滲んだ顔を逸らすと、紫蘭の首筋を慶晶の手がなぞった。

「すぐに歓喜の涙に変えてやろう」

後で着替えるつもりだったが、皇帝を迎えるべく薄衣だけしか身につけてはならないという決まりを守っていたため、あっという間に頼りない結び目がほどかれてしまう。

はらりと薄衣がはだけ、紫蘭の肌が晒された。

慶晶が目を細め、羞恥に震える紫蘭の身体の隅々まで眺めている。

見られているだけなのに、まるで刷毛(はけ)でそっと撫でられているかのような感覚が肌を這(は)い、紫蘭はぎゅっと目を閉じた。

「なるほど、無駄のないしなやかな身体だな」

慶晶が確かめるようにゆっくりと紫蘭の身体に手を這わす。腰から脇腹を撫でながらその手がふくらみを包んだ。

「だが、十分女らしい」

そして、慶晶が身を屈めてきて紫蘭のくちびるにくちづけた。

「――っ」

あの麗しい慶晶のくちびるが、紫蘭のそれに重ねられている。

自分の身に起こっていることがこの状況でもまだ受け入れられない。

それでも、夢だと思うには生々しすぎた。

「こら、そんなに固く引き結んでいてはならぬ」

顔を上げた慶晶が紫蘭のくちびるを指でなぞった。

「そなたの舌を見せてみよ」

「し、舌？　舌ですか？」

なんのために？　と思ったが、そんなことをきき返せるわけがない。おずおずと口を開き、ちらりと舌を覗かせると慶晶がおもしろそうな笑みを浮かべてから、自らの舌を絡めてきた。

「ん……ん……っ」

驚いた紫蘭の口腔（こうこう）に慶晶の舌が滑り込んでくる。

擦り合わされるぬるぬるとした舌の感触が紫蘭の身体から緊張を奪っていく。いままで知らなかった触れ合いに、心が囚（とら）われてしまう。気づくと紫蘭も自ら舌を絡めていた。

「は……ぁ……」

慶晶のくちびるが離れ、紫蘭のたわわなふくらみが手ですくい上げられた。つんと上向いた尖りを指で押されぴくりと身体が跳ねた。

楽しげに慶晶がふくらみを弄ぶ。

ふいに尖りを軽く吸われ、甘えるような声が出てしまった。

「あ……んっ」

はっとして紫蘭は手で口元を押さえた。

だが、片方をくちびるで吸われ、もう片方を指先で捏ねられると我慢できない。

「う……ん……っ」

懸命に耐えていたところ、舌で紫蘭のふくらみを弄んでいた慶晶が顔を上げた。

「なぜ声を出さない？」

「声を……出しても……よろしいのですか？」

「なにも我慢せずともよい」

素直に反応すればいい、と言われても、どうすればいいかわからずにいると、脚の間に指が差し入れられた。

「え……あ……っ」

戸惑っていると、くちゅりと音がして、慶晶の指を汚してしまった、と紫蘭は身を固くした。

「も、申し訳……っ」

あわてて起き上がろうとした紫蘭の肩を慶晶が押しとどめ、脚を大きく開かせた。

「あ……そ、そんな……」

あまりの羞恥に逃げ出したくなるが、身体が動かない。

「花のようだな」

さらに脚の間の秘裂を割られ、つぼみをほぐすようにその中心を露わにされる。うるんだ蜜口にゆっくりと指を埋め込まれ、いままで意識していなかった自分の身体の内側に、こうした役目があるのだと紫蘭は悟った。

「あ……ん……」

長い指が動くたび、腰が浮き上がりくちびるから甘い喘ぎが零れる。

もどかしいうずきが身体の奥を蕩けさせるような感覚に紫蘭は身を捩った。

「ふ……ぁ……っ」

さらに押し広げられ、指がもう一本増やされたのだと感じた。

圧迫感に思わず身体に力が入ってしまうと、慶晶にくちづけられ、紫蘭はそちらに意識が向きもっと深く指を受け入れてしまう。

ゆっくりと内側をなぞりながら指が抜き差しされ、ぞくぞくとした震えが足下から上ってきた。

「は……ぁ……」

「指だけでこれほど好い反応をするのならば、早く私自身で試してみたくなるが……まだ早いか」

さらに指を激しく動かされ、紫蘭は悲鳴を上げた。

「ひぁぁ……んん……っ」

しなやかな背を反らして喘いでいると、ふいに指が引き抜かれ、もっとたくましいものがあてがわれた。

そのまま貫かれると思ったが、慶晶は自身の先端に秘所から溢れた蜜を塗り込めてからぐっと腰を押しつけてきた。

紫蘭の身体が拒もうとしたのは、最初だけだった。

ふくれ上がった先端を飲み込んだ蜜口は、さらに奥へと慶晶を導いていく。

「あ……」

皇帝の身体の一部が、じわじわと紫蘭の奥を目指そうとしている。

無礼だとは思ったが、紫蘭は慶晶の胸を押し返そうとした。

「お、お待ちください、や、やっぱり……こんな大事なこと、わたくしなどの身に起こっていいわけが……」

「なにを……こうなったのもそなたが欲しいからだ」

気に入らなければ、繋がることはできない、と言われ紫蘭は動けなくなった。

「それがどれだけのことか、このまま受け入れればわかる」

慶晶が腰を進め、すでに先端を飲み込んでいた紫蘭の内側は昂ぶりで満たされた。

「は……」

身体の奥を押し開かれる感触は特別で、言われた通り歓喜の涙が溢れた。

「ん……ああんっ」

「……っ！」

ぐっと最も深い奥を突かれ、衝撃に息が止まりそうになった。

「よくおさまった……」

慶晶が大きく息をつき、紫蘭を見た。

眉を寄せ、少しつらそうな表情に胸が切なくときめく。

「つらいか？」

「だ、大丈夫でございます……」

そう言うと慶晶がゆっくりと腰を引いた。

「あん……っ」

思わず背がしなり、たわわな胸のふくらみが揺れた。

慶晶が色づいた尖りを口に含み、強く吸い上げる。先ほどとは比べものにならないほどの刺激が紫蘭の全身に走る。

「はぁ……ん……んぅ……っ」

繰り返されるゆるやかな動きにたまらず身を捩ると、慶晶が紫蘭の脚を抱え、一気に奥を突き上げてきた。

「ひぁ……っ」

脚を抱えられると、密着が深くなり紫蘭はかすれた悲鳴を上げた。

「もう抑えられそうにない……少し耐えてくれ」

「ん……あぁ……あああ……っ」

紫蘭に腰を打ちつけながら、慶晶が声を漏らす。

「こんなに……満たされた心地になったのは……久しぶりだ」

慶晶の息が荒くなり、腰の動きがさらに激しくなる。

紫蘭はただ荒ぶる欲望を受け止めるだけで精一杯だった。

「く……う……っ」

そして、なにかが身体の奥で弾けたように感じた。

慶晶が動きを止め、身体を起こしたことで、ようやく夜伽は終わったのだと気づいた。

「よく務めたな……」

「わたくし……なにか……至らぬところは……なかったでしょうか？」

閨の振る舞いとしてこれでよかったのかわからなくて不安だった。

「もっと違う心配をした方がいいだろうな」

「な、なにをでしょうか……？」

結局、その質問に慶晶は答えてくれなかった。紫蘭も皇帝にしつこく質問することなど考えられず、そのままになった。

しばらく余韻に浸るように紫蘭を抱きしめていた慶晶だったが、ふいに身体を離し、労い（ねぎらい）の言葉を残して南水邸を後にした。

まだ夜が明ける前だった。

ずっと恋心を抱いていた。

だが、一度姿を目にしただけで、声も聞いたことがなく、その存在は、あまりにも遠く尊かった。

それなのに、突然身体の最も奥深くに触れられ、生々しい欲望を受け止めた。

夢ならいいのに。

紫蘭は朝になる前に身支度をして……重い足取りで翠季宮に戻った。

紫蘭の武器は、鉄扇という、一見ただの扇に見える暗器だ。

女性が持つにはやや大ぶりだが、色あざやかな絹糸で編まれた覆いがかけられている少し変わった意匠のものだ。だが、この国は多くの文化が入り交じっているため、多少変わったものを持っていてもそれほど不思議がられない。

ひとたび戦うとなれば、この鉄扇が敵の肉を裂き、骨を砕く。

決して他の者の手に持たせてはならないのは、見かけよりずっと重いからだ。

そして、鉄扇にしているのには意味がある。

普段から手にしていても武器だと思われずに済むこと。舞の練習として鍛錬ができ、誰に見られても不審がられないこと。

後宮で妃が剣を振り回すわけにはいかないからだ。

「あら、どうしたの？」

鉄扇を手に立ち尽くしている紫蘭に、朝のお茶を持ってきてくれた英琳が言った。

「おはようございます、英琳」

「昨夜は何事もなく済んだようね」

「は、はい……」

紫蘭は俯いて手にした鉄扇を握りしめた。

「一晩中、警戒していたんじゃ疲れたでしょ？　朝餉を済ませたら休んでいいのよ」

「はい。でも、その前に、兄に会ってきます」

お茶を煎れていた英琳が顔を上げる。

「それほど時間はかかりませんから……」

「え？」

そう言い置いて、紫蘭は逃げるように翠季宮を後にした。

燕麗門の近くには大きな鳥籠がある。

人が入れるほどの大きなもので、中では見た目も美しい色とりどりの小鳥が飼われており、朝から機嫌よくさえずっている。

籠の中に手を入れ一羽の小鳥に指を差し出すと、ぴょんと跳び乗ってきた。

その鳥を空に放すと、真っ直ぐ門の外へ羽ばたいていく。

しばらくすると、小鳥を両手で包むようにして持ち、兄、承順が走ってきた。

「兄上……」

「紫蘭、どうした？　なにかあったのか？」

承順が心配そうな顔でたずねた。

小鳥は承順との連絡用の手段で、どれも籠から出すと宮中警備兵の詰め所へ飛んでいくように訓練されている。

「お願いがあります」

紫蘭が思い詰めた顔をしていたからか、承順はそれ以上なにもきかずに望み通りにしてくれた。

承順が紫蘭を連れていってくれたのは、宮中警備兵が普段から訓練をするための広場だった。

まだ早朝で、承順が人払いをしてくれているおかげもあって誰もいない。

紫蘭はその中心に鉄扇を手に立った。

心が静まったところですっと腕を伸ばし、鳥が羽ばたくように鉄扇を広げる。そこから鉄扇をひらめかせ、まるで音楽が流れていてその旋律に乗せた舞のように動かす。

皇帝の心を摑むため、舞踊や楽器の特技を持つ后妃は多い。

これは『桔梗』が後宮に入っても技を磨くため、一見、舞にしか見えないよう編み出された舞踏型の鍛錬法だ。

いまはこの鉄扇、覆いに花鳥の刺繍が施されているが、昔はこの扇の面に文字を書き、師匠である父に読まれぬよう動くという鍛錬をしていた。父の眼光は鋭く、最初の頃は文字を読まれてばかりだったが、いつしか隙のない身のこなしができるようになり、読まれることはなくなった。

紫蘭が動くたび、長い紗（しゃ）の領巾（れいきん）が優雅にたなびく。だが、注意して見れば、その先を決して地面に着けないようにしているのがわかるはずだ。

身を翻し、くるくると回るが、つま先は寸分のぶれもなく一点の中心をとらえたままだ。

流れるような動きで身体を後ろに反らす。頭が地面に着きそうなくらいまで反らす身体の柔軟さは、どんな攻撃もよけるためのもの。

動きを止めたところで承順が手にした槍を鋭く突き出してきた。

紫蘭は鉄扇で槍の攻撃を受け流し、身を翻して承順の背後に回る。承順も槍の石突きで紫蘭の足を払ってきたが、素早く跳び上がって避け、宙で一回転し着地した。そのまま弾かれたように承順に突進し、鉄扇での打撃を繰り出す。槍を盾にして防ぐ承順が押されて後退するほど続けざまに鉄扇を打ち込んだ。

お互いに後ろに跳びすさって距離をとったところで、すっと承順が構えを解き、槍を下ろした。

「……見事だ、紫蘭」

その言葉に、紫蘭の身体から緊張が抜けていく。どっと身体が重くなり肩で息をしていると承順が近づいてきた。

「一点の曇りもない、おそろしいほど冴えた技だ」

承順が手巾で顔を拭いてくれる。汗を拭ってくれたのかと思ったが、紫蘭は涙を流していたのだった。

「不安だったのだな。慣れない場所で、自分がお役に立てるか」

違う。

だが、兄になにがあったか言えるはずもない。

「兄上……」

「大丈夫だ。これほどの技量を持つおまえなら、立派に陛下をお守りすることができる」

結局、紫蘭は兄になにがあったか言えなかった。

このまま『桔梗』として務める資格が自分にあるのか、わからないまま後宮に戻った。


本当なら、自らこの役を辞したほうがいいのだろう。

だが、できるような気がしない。

なにが怖いのか。

里の長である父からの叱責か、ずっと一緒に鍛錬し『桔梗』となれなかった仲間たちから白い目で見られることか。

おそらくやめることは許されない。

後は、後宮から姿を消すしかないが、そうなると掟に従い追っ手がかけられる。

これは、長い年月をかけて育て上げた精鋭である『桔梗』が敵に回るのを防ぐためだ。

紫蘭が逃げ出せば、追っ手として差し向けられるのは……兄の承順だ。

妹を討つよう命令が下れば、承順はどんなに苦悩するだろう。あのやさしい兄に、そんなことをさせてはならない。

懊悩（おうのう）している紫蘭のもとに英琳がやってきた。

「紫蘭、今宵も陛下がお渡りになるんですって。珍しいこともあるわね、これまで二日続けてなんて一度もなかったのに。陛下はどうなさったのかしら」

何気ない英琳の言葉に紫蘭は動揺を隠すのに苦労した。

「まあ、何日続けてお渡りになっても、皇后さまの邸はいちばん安全で守りやすいもの、警備する者にとっては助かるわよね」

上の空で返事をして紫蘭はぼんやりと夜までの時間を過ごした。

「紫蘭、あなたはまた南水邸に控えてね」

「は、はい」

英琳に言われ、紫蘭はなんとかうなずいた。

日が暮れてから南水邸に入り湯を使い、身体を清める。

香油を垂らした櫛(くし)で髪を梳(と)かし、軽く結ってから身支度をする。

紫蘭は窓辺に立って闇の中、皇帝を導く灯りが列をなし、皇后の邸へ吸い込まれるのを静かに見ていた。そして、皇帝を送り届けた灯りがまた来た道を戻っていく途中で目を逸らしてしまった。

しばらくして紫蘭の耳に足音が聞こえてきた。

「紫蘭」

ゆっくりと振り返ると皇帝が立っていた。

「陛下」

「心配とは、このことだ」

「え？」

昨夜たずねた紫蘭の至らぬところのことだろうか？

あの時、気にはなったが答えはきけなかった。

慶晶が近づいてきたが、紫蘭はただ立ち尽くして動けなかった。

「そなたは、たった一度の伽で私を虜（とりこ）にしてしまったということだ」

紫蘭は息をのんだ。

『后妃』であればこれほどよろこばしいことはないが、『桔梗』としてはこれほど困ることもないだろう。

たった一夜のあやまちで終われば、もう思い悩むこともないはずだったのに。

これまでと同じ、ただひたすら遠くから一方的に紫蘭が皇帝を慕うだけ。

なのに……。

慶晶が真摯な眼差しで紫蘭を見つめている。

「今日は一日中そなたのことを考えていた。こうして夜になるのが待ち遠しかった」

「陛下……」

紫蘭の迷いがその言葉で断ち切られた。

手を取られ、導かれるまま牀榻に横たわり、覆い被(かぶ)さってくる慶晶を抱き止めた。

薄衣が剝ぎ取られ一糸纏わぬ姿になってその愛撫(あいぶ)に身を任せる。

「今宵は、朝まで伽を命じる。よいな？」

耳元で熱く囁(ささや)かれ、紫蘭は目を閉じた。


そして、夜が明け、邸から翠季宮へ戻った途端、英琳に声をかけられた。

「あら？　どうしたの？」

「え？」

見返した英琳の姿がなんだか遠い。

しかも、ぼやけているようで紫蘭は目を擦ろうとした。

「ちょ、ちょっと！」

英琳に支えられてようやく紫蘭は自分がふらついていることに気づいた。

「大丈夫、紫蘭？　昨夜、なにかあったの？」

「い、いいえ……なにも」

それだけ言うと紫蘭は立っているのもやっとになり、ぐったりと体重を英琳にあずけてしまった。抱き止めた英琳が叫ぶ。

「やだ、熱があるわ。具合が悪いのね？」

「熱……？」

風邪すらもう何年も引いていない紫蘭は、よくわからなかったが、そういえば身体が熱くてなんだか怠い。

「大丈夫……です」

「大丈夫じゃないわよ。さあ、寝室へ」

もともと夜通し警備に当たっていることになっているので、翌日はゆっくり休んでいいと言われている。いつも朝食をとった後、窓辺の長椅子で仮眠をとることにしていた。

英琳に引きずられるようにして紫蘭は寝室へ行き、牀搨に横になった。

「……すみません、英琳」

「いま、侍医を呼んでくるから、おとなしく寝ているのよ」

後宮で病人が出た場合は、特別に皇帝の侍医が足を運んできて診てもらえることになっているらしい。英琳があわてて出ていく足音を聞きながら紫蘭は目を閉じた。

ずいぶんゆっくりとやってきた侍医に風邪だと診断されて、しばらくよく休むようにと言い渡された紫蘭は、熱にうかされうつらうつらしたまま二日を過ごした。

そうして、ようやく起き上がれるようになった朝だった。

寝室に顔を出した英琳がなにか手に持っていた。

「紫蘭、皇后さまからお見舞いよ」

「え？」

驚きながらも紫蘭は差し出された鉢を受け取った。それは、すばらしくなめらかな手触りの青磁の器で、蓋の取っ手が睡蓮の花になっている。

「実はあなたが寝込んでいる時に、一度皇后さまのお使いが来たんだけど……」

「もしかして、あの犬のことでしょうか？」

許皇后との関わりといえば、犬を追い払った一件しかない。

「どうなのかしら？　皇后さまといえばこの後宮の主人だから、病気の妃がいたら見舞いを贈ったりするのが普通だけど、あの皇后さまは子どもでそんな気遣いはこれまでなさらなかったのよね」

それに、と英琳は続けた。

「具合が悪くて寝込んでいて、とても起き上がれないって言ったらお使いの女官もそのまま納得して帰っていったのよ」

それなのに、今日またこうして見舞いの品を届けにきたらしい。

「そうなんですか……」

紫蘭もこんなに気を遣われるおぼえはなかった。

「とにかく開けてみたら？　お菓子かしらね？」

英琳にうながされ、紫蘭がそっと鉢の蓋を取ると、中からいきおいよく蛙（かえる）が一匹跳び出してきた。

「きゃあ！」

悲鳴を上げたのは英琳だった。

「な、なによ、これ！」

「落ち着いてください、英琳。ただの蛙です」

紫蘭があわてて蛙を捕まえてまた鉢へ入れると、それを遠くからわなわなと震えながら見ていた英琳が叫んだ。

「い、嫌がらせだわ、皇后さまの！」

もう蛙は鉢におさまったのに、英琳はわめき散らしている。

「いくら子どもだからって、こんなこと！　周りの女官たちも止めなさいよ！　もう！」

英琳は怒り心頭だが、紫蘭は子どもらしいいたずらに、くすりと笑いが漏れた。

「ふふ……」

「あら、紫蘭ったら……」

なんだか沈んでいた気分が軽くなったような気がしたのだ。

「熱が下がっても元気がないから、心配していたのよ」

「すみませんでした、英琳。この蛙、池に帰してあげてくれますか？」

鉢を差し出すと英琳が跳び上がった。

「嫌よう！」

「え……」

英琳も紫蘭と同じ里で同じように育ったはずで、ただ池に帰してくれればいいのだが。そもそも牀搨からまだ起きてはいけない、と言ったのは英琳なのだ。

「そうだけど！　あたしはもう何年も土臭い生活とは離れて、後宮で上品に暮らしてるの！」

だったら仕方がない、と紫蘭は牀搨から下りた。

「ちょっと！　起きたりして大丈夫？」

「はい、もう大丈夫です」

微笑んで自分で蛙を池に帰してくる、と言うと英琳があわてて言った。

「やだ！　待って！　わかったわよ、行くわよ！　池にぽちゃっとやってくればいいんでしょ！」

池は宮殿の内院ですぐそこだし、少し歩きたいから大丈夫、と紫蘭がひとりで房を出ると、庭木の間をそそくさと去っていく影が見えた。

あれは、見舞いを持ってきた皇后の使いだろう。

誰かがこっそり房の様子をうかがっている気配がしたのだ。

こちらに気配が伝わってくるような相手だからと紫蘭も警戒しなかったが、皇后の女官ならば放っておいても問題はないだろう。

おそらく、鉢から蛙が跳び出してきた時の紫蘭の反応を確かめていたのだ。

いたずらは、相手の反応がわからなければつまらない。

少しは驚いた方がよかったか、と思いながら紫蘭は内院へ向かう。

久しぶりに房の外へ出ると午後のおだやかな風が吹いていて、心地よかった。

池でそっと蛙を水に入れてやり、すいすいと泳いでいくのを紫蘭は見つめていた。

ひとりになるとつい皇帝のことを考えてしまう。

だが、思い悩んだところで、どうにもならないということもわかっている。

南水邸で控えているところに、また慶晶が現れて夜伽を命じられたら紫蘭は受け入れてしまうだろう。

紫蘭は皇帝に仕えるためこの後宮へ入ったのだ。

それがどんなことであれ、命じられれば従わなければならない。

そう自分に言い聞かせた。

体調が回復し、紫蘭はまた護衛として四季邸に控えることになった。

「英琳、迷惑をかけました」

紫蘭が寝込んでいた間は、英琳が代わりに後宮内に目を光らせていてくれた。彼女も紫蘭と同じ『桔梗』の訓練を受けている。当然腕は選ばれた『桔梗』より落ちるが、それでも彼女もただの女官ではない。

「具合が悪くなることもあるわよ、いくら『桔梗』でも。あなたが寝込んでいる間、陛下のお渡りもなかったし、特にあやしい動きをしている者もいなかったと思うわよ」

だから、気にしなくていい、と英琳に送り出された。

そうして夜が更けた。

お渡りがあるとはいえ、慶晶が紫蘭のもとをたずねてきてくれるとは限らない。

窓辺に立つと、皇帝を導く灯りが皇后の北邸へと消えていく。

紫蘭は、自分がどちらを願っているのかわからなかった。

このまま朝まで皇后の邸にとどまって欲しいのか、自分のもとをおとずれて欲しいのか。

せめぎ合う思いに心が揺れたまま、ゆっくりと夜が更けていく。

やがて月が中天に差しかかる頃、慶晶が南水邸に現れた。

「紫蘭、そなた……」

なぜか、慶晶は紫蘭を見て驚いた顔をしている。

「陛下」

紫蘭はあわてて平伏した。

「風邪を引いたと聞いたが」

「はい、申し訳ありません。体調がすぐれずお休みをいただいておりました」

平伏す紫蘭の腕が取られて身体を起こすと、慶晶の端整な顔が間近にあった。その眉がきつく寄せられている。

「確かに、まだ顔色が悪いな」

慶晶の手が腫れ物を触るように紫蘭の頬に添えられる。

「それで、体調は、もういいのか？　無理をしているのではないか？」

「もったいないお言葉……もう大丈夫でございます。侍医の方にも診ていただき、十分休養をとりよくなりました」

紫蘭はその証拠にと思ってなるべく朗らかに微笑んでみせた。

だが、慶晶は険しい表情のままだ。

「陛下？」

慶晶がこつりと額を紫蘭のそれにつけてきた。

「……私を……避けているのかと思った」

「え?」

紫蘭はどきりとした。

「そ、そんな、とんでもないことでございます。本当に風邪で……」

「三日前の夜、邸に控えている后妃の名を問うた時、そなたの名がなくて驚いた」

だから、そのまま皇后の邸にも渡らず自分の宮殿に戻った、と慶晶は話し、紫蘭は、その言葉をどう受け止めていいのかわからず戸惑い俯いた。

「紫蘭、寒いのではないか? ほら、肩が冷えている」

慶晶が上着を脱ぎ、紫蘭の身体を包んだ。

「陛下。わたくしのような者にこんなことをされては……っ」

「私がそなたにできることが……これくらいしかない」

紫蘭は驚いてもがくのをやめ、慶晶の顔を呆然と見つめた。

誰もが平伏す皇帝が、そんなことを気にするなんて信じられなかった。

「体調を崩したのも、私が無理をさせたからだろう?」

「無理……でございますか?」

思い返しても紫蘭にはなにか無理をしたおぼえがなかった。

「なにも知らない身体に二晩も続けて無理をさせてしまったからではないのか? あの後しばらく心配していたのだが」

ようやく慶晶の言わんとした意味がわかり、紫蘭は顔が真っ赤になってしまう。

「む、無理などしておりません。本当に、大丈夫です……」

それより、慶晶がひとりでいる時などに紫蘭のことを思い出していたのだと知り、胸がどきどきして仕方がなかった。

そんな紫蘭を上着で包んだまま慶晶が牀榻まで抱きかかえていき、そっと下ろした。そして、慶晶も隣に身体を横たえる。

「今宵はゆっくり休め」

「ですが……」

牀榻に皇帝と一緒にいて、ただ寝ているわけにはいかないのではないか、と言うと額にそっとくちづけられた。

「私がいいと言っている。いまはそなたに休んで欲しい」

「陛下……」

慶晶がくつろいだ様子で紫蘭のとなりに頭を手で支えて横たわる。

「さあ、もう休め。私はしばらくそなたの寝顔を見ていたい」

「そんなことをおっしゃられても、見られていては、その、眠れません……」

気にするな、と言われ目をつぶったものの、やはり慶晶の視線を感じる。

「そのまま目を閉じていれば眠れる」

紫蘭は緊張したまま棒のように横になっていたが、伝わってくる慶晶の体温があたたかく、あまりの心地よさにいつの間にか寝入っていた。


それからというもの、慶晶の紫蘭に対する扱いが変わってしまった。

なにかと紫蘭を甘やかそうとするのだ。

今宵は慶晶から蓋つきの鉢を差し出された。

先日の皇后から贈られた見舞いの品が思い出されて、ちょっとぎくりとしてしまったが、まさか皇帝ともあろう慶晶が蛙で紫蘭を驚かせようとするはずがない、とうやうやしく受け取る。

「これは?」

開けてみろ、と言われ蓋を取ると、中には菊の形を模した菓子が入っていた。花びらが一枚一枚丁寧に刻まれていて美しい。

「あの……このようなものをいただいてよろしいのですか?」

「うん?　たかが菓子ではないか」

慶晶が怪訝そうな顔をする。

「ですが、その、寝所で陛下になにかねだったりしてはいけないと聞きました」

そう言うと、慶晶が声を上げて笑い、紫蘭はなにがおかしかったのかわからずおろおろしてしまう。

「確かに過去には、国をひとつ欲しいだの、気に入らない妃の首をはねて欲しいだのとねだった者もいたらしいが……」

そうして国を傾けた皇帝と寵姫は何人もいた、と慶晶は聞かせてくれた。

「そなたはそのような大それたことをねだるような妃ではないとわかっている。さあ、食べてみるがいい」

紫蘭は菓子を手に取ってみたものの、あまりの細工の細かさに見とれてしまう。

「どうした？」

「なんだか食べるのがもったいのうございます」

手に取ったまま いつまでも眺めている紫蘭に慶晶が言う。

「ほら、口を開けてみろ」

「え？」

顔を上げた紫蘭の口に菓子がそっと入れられた。

「ん……」

菊の菓子は、皮はさくさくとしていて、中から甘い餡が溢れてきた。餡と皮の絶妙な口当たりに、紫蘭はため息が出た。

「……なんておいしいのでしょうか」

紫蘭がうっとりとして口元を押さえると、また慶晶が笑った。

「菓子くらいで大げさだな」

「ですが、こんな手の込んだ菓子を食したことがありませんから」

そう言うと慶晶が意外そうな顔をする。

「それほど珍しい菓子ではないぞ」

紫蘭は、自分が育ったところは田舎だということを話した。

「こんな手の込んだ菓子などなくて、あるのは、手軽な揚げ菓子くらいです。あとは、果実ならよく口にしました。里の周りは山深く、スモモなどがたくさんなっていましたから」

近くの農家では皇帝に献上するための桃が大切に育てられていたが、それは、紫蘭などの身分の者の口に入ることはない。

「……私のために、か」

紫蘭はあっさりと答えた。

「はい、そうです」

慶晶が複雑そうな表情をしたが、それがなぜだかわからない。

紫蘭にとってすべてにおいて皇帝を優先するのは当然のことだ。

「我が治世は、そなたたちのような者に支えられているのだな。私はそれを決して忘れてはならぬ」

「陛下……」

紫蘭は後に賢帝と讃えられるのは、慶晶のような皇帝なのだ、と思った。

そうして、紫蘭が菓子を食べ終わるのを待っていたように、慶晶が腕を伸ばしてきた。

たちまちその腕の中に捕らわれてくちびるを奪われてしまう。

慶晶の愛撫はおだやかで、強引なところがほとんどない。

いつも紫蘭は丁寧に扱われ、身体を開かれる。

「あ、あの……妃の方は、こんなに陛下に、その、いろいろとしていただいてはいけないのではないでしょうか？」

おずおずとそう言いだした紫蘭に、慶晶がにやりとした。

「なるほど、そなたが私を悦ばせると？」

話している間も慶晶は紫蘭の薄衣を取り払っていく。

「そんなに期待されては、困りますが……なにしろ不勉強なので……」

「では、そなたの思った通りにしてみるといい」

そう言って慶晶が牀榻に身体を横たえた。

「し、失礼します……」

いつもは慶晶の身体の下に組み敷かれ、あれよあれよという間に結ばれてしまう。紫蘭はただ慶晶の愛撫に翻弄され、夢中で喘いで満たされて終わる。

　こんなことでいいのか、と物知らずな紫蘭なりに考えたのだ。

　紫蘭は皇帝に仕える立場だ。

　尽くされていてばかりではならない。

　おそるおそる慶晶の衣に手をかけたが、胸元をはだけさせるだけで気が遠くなりそうだ。

「え、えっと……」

　おろおろしていると慶晶に顎を持ち上げられ、指でくちびるをなぞられた。

「この愛らしいくちびるは飾りなのか？」

　紫蘭は息をのんだ。

　そして、なるほど慶晶の真似をすればいいのだ、とひらめいた。

　いつも慶晶が紫蘭にやるように、鎖骨のあたりにくちびるをそっとつけてみた。だが、慶晶の反応はない。紫蘭ならば慶晶のくちびるの感触にすぐに身悶えてしまうのに。

　考え直し、ちゅっと吸ってみる。

「くすぐったいものだな」

　はっと顔を上げると、紫蘭の頭を慶晶が手で引き寄せた。

「陛下……ん……」

　驚きの声を上げた紫蘭のくちびるを割って、慶晶の舌が差し入れられる。

舌先が触れ、誘われるように紫蘭もくちづけに応えた。

「あ……ふ……ぅ」

舌を絡めているだけで息が荒くなり、下腹の奥が切なくうずいてたまらない。

他にどこを触れられたわけでもないのに、脚の間が蕩けるように濡れてきているのが自分でもわかる。

滴ってしまったらどうしよう、と不安になるが慶晶の身体の上に跨がっているのだから脚を閉じることもできない。

だが、すべてお見通しとばかりに慶晶が耳元に囁いた。

「このまま身体を繋げてみるのも一興とは思わぬか？」

「こ、このまま……？」

あまりの恥ずかしさにうろたえてしまいそうになったが、慶晶はいつもとは違うことを望んでいるのだ、と紫蘭は察した。

いつもは紫蘭が泣いて懇願するまで指で蜜口をたっぷりと慣らされる。そこまでされてようやく慶晶を受け入れることが許されるのだ。念入りに慣らされるだけあって、紫蘭の身体は慶晶の昂ぶりをすんなり飲み込んでしまう。だが、いまは、触れられてもいない。

どうなってしまうのかわからず、紫蘭はさらに胸がどきどきした。

「で、では……」

じっと見つめられ、紫蘭は緊張で身体が強ばってしまう。いつの間にか下履きをくつろがせた慶晶の昂ぶりが待ち構えるようにそそり勃っていたが、自らおいそれと触れていいものではないように思える。

なんとかちょうどよさそうな位置を計り、そっと腰を下ろすと硬い先端がうるんだ脚の間をかすめた。

「あ……っ」

慶晶の先端が紫蘭の脚の間に触れるたび、びくんと身体が震えて、しっかり受け入れるどころではない。紫蘭を惑わすように先端はあちこちを擦り上げていく。

「ずいぶんと焦らすものだな」

慶晶の手が伸びてきて、紫蘭の揺れるふくらみを包んだ。

「陛下……そんなことをされては……集中できません……お、お許しを」

だが、慶晶はおかまいなしに、朱色に染まったふくらみの尖りに舌を這わせて紫蘭を惑わす。

「あぁ……なりません……ん……」

太ももの内側にとろりと溢れた蜜が伝わるのがわかった。

それ以上動けないでいると慶晶が腰を浮かせ、先端を紫蘭の蜜口にぐっと押しつけてきた。

「ひぁ……っ」

「さすがに……いつものようにすんなりとはいかないな」

やや強引に身体を押し開かれるような感触が、なぜか興奮を煽ってくる。ようやくぬるりと先端がおさまり、紫蘭はゆっくりと腰を落としはじめた。

「あ……あ……」

まだほぐれていない狭い内側を、ゆっくりと慶晶のたくましい昂ぶりで貫かれていく。奥まで導いたところで限界だった。

びくびくと身体が震え、紫蘭はあえなく達してしまった。

「もう達してしまったのか？」

「も、申し訳……」

くすりと笑われ、恥ずかしさに手で顔を覆うとその手を慶晶が取った。

「紫蘭の身体は心地の悦いことに素直なだけだ」

「ですが……わたくしだけ……」

慶晶に尽くしたかったのに、これではいつもと変わらない。

「ほら、自分で腰を揺らしてみよ。もっと悦くなる」

動けばまた達してしまいそうだったが、なんとか言われた通りに腰を揺らしてみた。

「ああ……んっ」

いつもとは違い、はっきりと身体の奥まで貫かれているのがわかる。

「は……あ……」

翻弄されそうになるのを、なんとか気を取り直した。

今宵の紫蘭は慶晶に尽くすと決めたのだ。

「もっと……動いてもよろしいですか……？」

「好きにしてみるといい」

紫蘭はゆっくりと腰を揺らしてみた。

「ひぁ……っ」

慶晶と密着している部分に、紫蘭の敏感な突起が擦り合わされ、たっぷりと満たされた身体の奥のもどかしさと相まって、強い愉悦に身体が震えた。

「は……あ……」

だが、いつもはもっと激しく突き立てられる。こんな動きではきっと物足りないに違いない。

「こ、こうでしょうか」

紫蘭は懸命に腰を揺らしたが、あまりの気持ちよさにまた自分だけ達してしまった。

「も……申し訳……」

「泣かずともよい」

ふいに下から激しく突き上げられ、紫蘭は声にならない悲鳴を上げた。

腰を慶晶の手で押さえられ、何度も打ちつけられる動きに身体を弾ませ、また紫蘭は達してしまう。

「あ……も、もう……」

両手でしっかりと腰を摑まれ、最も深く繋がったところで慶晶の熱い精が放たれる。

「あ――っ」

びくびくと絶頂に身体を震わせながら紫蘭は精を最後まで受け止める。

何度達したかわからずぐったりした身体を慶晶に抱き止められた。

汗ばんだ胸に寄り添うと、まだ繋がっているところから、とろりとしたものが溢れ出てしまった。

「あ……っ」

「かまわぬ。まだこうしていろ……いつもより精が出たようだ」

「それは……」

紫蘭としては、まだまだ拙くて満足してもらえるようなものではないと思っていた。

紫蘭が顔を上げて慶晶を見ると、頬を撫でられた。

「そなたの一生懸命で物慣れない愛撫にいつもより昂ぶってしまった」

少し照れ臭そうな慶晶の顔に紫蘭はただ見とれる。

「そなたはいつも一生懸命だな」

そっと抱き寄せられ、乱れた髪を撫でながら囁かれると、紫蘭は甘く心が満たされるのを感じた。

「そなたを恥ずかしがらせ、あられもなく乱れさせるのも楽しいが、今宵のような趣向もいいものだ」

「ですが、もっと努力いたします」

思わず返した言葉に紫蘭ははっとして顔を上げた。

「い、いいえ、お忘れください。過ぎたことを申しました」

また逢瀬の機会が欲しいなどとねだるようなことを言ってはならないのではないか、と思ったのだ。だが、慶晶はまったく気にした様子もなくまたやさしく紫蘭の頬を撫でる。

「なんだ？　楽しみにしていてはいけないのか？」

「は、はい。陛下がそうおっしゃるのでしたら……」

いつだってどんな努力でもしてきたのだ。

期待に応えられるようになりたい。

そう思ったが、一体どんな努力をすればいいのかわからず、紫蘭はつい考え込んでしまった。

「どうした？」

迷ったが、他の誰にも相談できない。

紫蘭は思い切って慶晶に打ち明けた。

「そういえば後宮には、確かその手の書物があったようにおぼえているが」

「書物ですか？」

読んでみたい、と紫蘭は素直に口にした。

「后妃ならば誰でも自由に閲覧していいことになっている。書庫に行ってみるといいだろうが、間の悪いことに雨漏りの修理をすると言っていたな」

「修理、ですか？」

紫蘭が眉を寄せたのを、慶晶に気づかれて笑われる。

「工事で人足が出入りするのが『桔梗』として気になるのだな？　心配せずとも工事は身元の確かな者ばかりで、見張りを置いて行うことになっている。人足たちは後宮内を自由に歩き回れるわけではない」

「そうですか……」

少しほっとしたが、それでも紫蘭も警戒しておかねば、と心に留める。

「私のところにきた話では、大がかりにやるわけではないから数日で終わるとのことだ」

「では、工事が終わりましたら書庫へ行ってみます」

慶晶の言っていた通り、翌日から書庫の工事がはじまった。

工事の間、書庫の書物はついでに虫干しされるらしく、持ち出されていった。

遠くからさり気なくその様子を眺めながら、紫蘭は槌が釘を打つ音を聞いていた。

おだやかな午後だ。

そう感じていたが、ふいに女官たちがあわただしく行き来していることに紫蘭は気づいた。

書庫でなにかあったのかと思ったが、槌の音は絶えず響いている。

紫蘭は通りがかった女官を呼び止めた。

「騒がしいような気がしますが、なにかあったのですか？」

名は知らないが、何度か見かけたことがある女官だった。

「まあ、蔡妃さま。それが……」

話を聞くと、どうやら玉座のある万象殿で皇帝が朝見中、事故があったらしい。天井の装飾が落ちてきて壊れたというのだ。

「陛下はご無事だそうですが、皇后さまのお祖父さまである許宰相が怪我をなさったという話なのです」

それで許皇后は見舞いに行くことになり、妃嬪たちは華観宮に見舞いを届けるためまずは様子をうかがってくるように、と主人たちに申しつけられあわただしいということだった。

「許宰相のお怪我も軽いようですが……」

まだ詳しいことはこの女官もわからないと言って、華観宮へ急いでいった。

「万象殿で、事故……」

それは本当に事故なのだろうか。

紫蘭は不安だった。

急いで翠季宮に戻ると、英琳の姿は見当たらなかった。

彼女ならもっと詳しく知っているかも、と思ったのだが、もしかして、話を聞いて回ってきてくれているのかもしれない。そう思いながらも、なかなか戻ってこない英琳に紫蘭は不安が募った。

しばらく落ち着かない気分のまま待っていると英琳があわてた様子で戻ってきた。

「紫蘭、いま話を聞いてきたんだけど……」

「陛下はご無事なんですか？」

紫蘭のいきおいに英琳が後退る。

「知ってたの？」

「たまたま近くにいた女官に聞いたのです。でも、詳しいことまではわからなくて」

とにかく早く慶晶の無事が確かなのか知りたかった。

「陛下はご無事らしいわ。天井から吊り下げている燭台(しょくだい)が落ちてきたそうよ」

「燭台が……」

紫蘭が黙り込むと英琳が言った。

「事故かしら?」

「わかりません……」

その場にいなかったのでは、当然なんとも言えない。

「事故かどうかは、宮中警備兵が調べてるとは思います」

「そうよね。もっとも陛下になにかあれば、こんな騒ぎじゃ済まないわよ」

英琳は言ったが、それ以上、皇帝の様子は伝わってこず、わかったことは、すべて許宰相の怪我の具合だけだった。宮中の者たちは、皇帝よりも宰相のことを重んじているとでもいうように。


その夜、紫蘭はいつものように翠季宮から闇に紛れ後宮内の見回りに出た。今宵は月が細く、闇が深い。皇帝のお渡りがないこともあって、後宮内は静かだった。一通り見回り異常がないことを確かめてから、そっと後宮の周りを囲む壁を乗り越えた。

どうしても慶晶の無事を自分の目で確かめたかった。

そのまま素早く柱の陰や、植え込みの通路を進み、万象殿へ向かう。

万象殿へ足を踏み入れたことはないが、禁城内の建物の位置はすべて頭に入っている。

禁城の中は当然警備兵が絶えずあたりに注意をして巡回しているが、その隙を突くのはそれほど難しくなかった。

巡回する兵たちも、ふいになにかに気をとられることがある。

それを物陰から辛抱強く待つのだ。

万象殿自体、昼間皇帝が玉座に着いている時以外は、特に警備が厳重なわけでもない。夜中は当然無人だからだ。

紫蘭は万象殿へ影のように滑り込んだ。

玉座の間はひっそりとしていた。

しかも、入り口から玉座までとにかく広い。

ここに廷臣たちがずらりと並び皇帝に拝謁するのだ。

天から賜ったと言われる玉座の上には金色に輝く龍の像が体をうねらせていて、紫蘭を睨みつけているように見えた。その龍があるため、玉座の上に燭台はない。天井の梁を見ると、左右対称にずらりと等間隔に並ぶ燭台がひとつだけ欠けている。玉座のすぐ傍、左の燭台がない。それが落ちたのだろう。

すでに落ちて壊れた燭台は片づけられている。

できればそれも見てみたかったが、仕方がない。

紫蘭は壁の装飾に手をかけ、梁の上に跳び乗った。

燭台を吊り下げていた金具はまだ残されていたが、それほど古びてはいない。

梁の上を渡り、他の燭台の金具も見て回ったが、どれもゆるんでいるようなものはなく、細工らしい跡も見つからなかった。

紫蘭はもう一度、落ちた燭台が吊り下げられていた場所を梁の上から見た。

やはり玉座からは少し離れている。この燭台が落ちたからといって、玉座に鎮座する皇帝に害を与えられるとは思わない。

やはりただの事故なのか……。

紫蘭は音もなく梁の上から飛び降り、しばし玉座を見つめた。

そして、侵入した時と同じようにするりと抜け出した。


今度は万象殿のようにはいかない。

万象殿の屋根に上り、あたりを見回す。

目指すは、皇帝の住まう永祥宮だった。

万象殿の北に永祥宮は位置し、そのさらに北が後宮となっている。

こんなことをしてはいけないと、紫蘭は重々わかっていた。

だが、皇帝の次のお渡りがいつなのかわからないからには、こうするしか無事な様子を確かめる術はない。

本当に慶晶の身に少しでも怪我がなかったのか、知りたかった。

皇帝の住まいだけあって、あたりは静まり返っていて、ものものしい様子はない。警備兵は皇帝の目につくところに姿を見せてはならない、と兄が言っていたが、そのためだろう。篝火の灯りの届かぬところを音もなく移動し、紫蘭は皇帝の寝室のあたりにそっと近づいた。

「……っ」

紫蘭は寝室に忍び込み、皇帝の寝顔を確かめたい、と思っているわけではなかった。ただ、ほんの少しでも皇帝の気配を感じられたら安心できると思ったのだ。

窓のすぐ近くに気配がする。

しかも、誰かが眠っている様子ではない。

まさか、こんな深夜に、と思っていると声がかけられた。

「紫蘭か?」

「っ!」

窓の奥から聞こえてきた慶晶の声に紫蘭はぎくりと身体を強ばらせた。

どうして気取られたのか、完全にこちらの気配は消していたはずなのに。

すぐさま姿を現すこともできず、紫蘭が窓の下で動けずにいると、かすかな足音が近づいてくる。

「紫蘭だろう?」

「……っ」

紫蘭はついにその場に平伏した。

「……申し訳ございません」

頭上から声がする。

「なにを謝るのだ？　私のことを案じて来てくれたのだろう？」

「はい……とはいえ、出過ぎたことをしました……」

紫蘭が担っているのは、あくまで後宮内での皇帝の警護であって、それ以外の場所では、宮中警備兵の仕事だ。

「なんとなく、そなたがこうして現れるのではないかと思っていた。さあ、そんなところにいないでこちらへ来るといい」

その言葉にびくりと紫蘭の身体が震えた。

「と、とんでもない……わたくしなどの身で……」

皇帝の私室に入っていいわけがない。

後宮を出れば紫蘭は妃ではなく、ただの女兵だ。皇帝の寵を受けているとはいえ、わきまえなくてはならないと思っている。

「なにを申す。さあ、こちらへ」

しばらく迷ってから紫蘭は顔を上げた。

窓の向こうで慶晶がおだやかな微笑みを浮かべて紫蘭を見ている。

ぎくしゃくと立ち上がると、慶晶が手を差し伸べてきた。

「窓から入れというのもなんだが、宮殿の入り口には警備の者がいるからな」

「いいえ、やはりわたくしは……」

「紫蘭、私が招いているのだぞ？」

その言葉に紫蘭は慶晶の手を取った。

「あ……」

紫蘭であれば、こんな窓を乗り越えるなど造作もないことだ。

だが、慶晶に支えられ、紫蘭は窓を乗り越えた。

皇帝の私室ともなれば、豪華の極みかと思っていたが、意外にも室内は落ち着いた設えだった。

燭台の灯りが揺らめいている。

「あ、あの、陛下、朝見の最中に燭台が落ちてきたとききましたが……お怪我は？」

そう言うと、慶晶がふっと頬をゆるめて笑った。

「どこか怪我をしているように見えるか？　そなたの気が済むなら全身くまなく調べてもよいぞ？」

「い、いいえ、とんでもない……その、ご無事でようございました……」

ほっとしたことと、こうして言葉を交わせたことに、心から安堵(あんど)の思いがわき上がってくる。

「そんなに心配したのか?」

「そ、それは……もちろんでございます……御身の健やかなることこそ国の大事ですから……」

「国の大事か、紫蘭にとっては大事ではないのか?」

紫蘭はあわてて言った。

「わたくしにとっても、も、もちろん、いちばん、なによりも大事なことでございます」

この身にかえても。

「それで、万象殿もあらためたのだろう?」

紫蘭はどきりとした。

万象殿に寄ってきたことなど一言も言っていないのに、なぜ慶晶にはなにもかも見通されてしまうのだろう。

「はい、調べてみましたが、これといって不審な痕跡は見当たりませんでした。ただ、それが却(かえ)ってあやしいような気もしております」

紫蘭は熱を込めて続けた。

「どうか、お気をつけくださいませ、陛下。万象殿をはじめ、禁城の建物は広うございます。

警備の者も目を光らせているでしょうが、どうしても届かぬ場所もございます。できる限りおひとりにはなりませぬよう……」

常に自分がついていられれば、と思ったが、兄たち宮中警備兵も厳重に注意をしているはずだ。

「ああ、気をつけよう」

慶晶がうなずき、こうして無事も確認できた、と紫蘭は早々に退出しなければ、と思った時だった。

「こちらへ、そなたに見せたいものがある」

そう言いながら慶晶が踵を返したので、紫蘭は暇を告げることができず、ただ首を傾げた。

「見せたいもの……でございますか？」

皇帝の私室に紫蘭に見せたいものがあるなどとは思えない。

ここは、紫蘭にまったく関係のない、かけ離れた世界だからだ。

だが、慶晶は立ち尽くしていた紫蘭の手を取り、隣の部屋へ向かった。

部屋には卓と椅子が置かれているだけで、このさらに奥に寝所があると思われた。

その卓の上にはなにかに布が被せられて置かれている。

慶晶が卓の前で足を止め、紫蘭を振り返った。

「これを」

慶晶が布を取り去ると、そこには宝玉で飾られた豪華な宝冠があった。

「これは……」

繊細な金細工の土台にいくつもの宝玉がちりばめられていて、眩しいほどだ。

ささやかな灯りの中でも、きらきらと輝いている。

「宝物庫に眠っていたといってもいいほど古いものなのだが……」

「これが……ですか？」

少しも古びているようには思えない。

ただ、羽を広げた鳳凰のような形の宝冠の中心にはぽっかりと穴が空いていて、なにかが欠けてしまったようだった。

「これでもずいぶん手を入れたのだ。昔のものなので、なかなかここまで精巧に修復できる職人がいなくてな。この中心には大きな宝玉がはめ込まれていたのだが、紅玉だったので別のものに取り替えさせることにしている」

詳しくはないが、紅玉といえば宝玉の中でも価値が高いと聞いたことがあった。

「紅玉はお気に召さなかったのですか？」

「そうではないが……」

慶晶が宝冠の隣に置いてあった螺鈿細工の箱を手に取って開けた。

「紫が好みなのだ」

中には大きな卵形の紫水晶がひとつ入っていた。

「なんて美しい……」

「それだけか？」

紫蘭は少し考えた。

こういったものに縁のなかった紫蘭には、これ以上どう褒(ほ)め讃(たた)えていいかわからない。

「こんなに深い紫の色をはじめて見ました」

一生懸命言葉を探したのだが、なんだか苦笑されてしまった。

「最後にこれをこの中央にはめ込んで飾ることにしている」

慶晶が宝玉を箱の中に戻し、今度は宝冠を手に取った。

「紫蘭、まだ修復の途中だが、これをそなたの頭に載せてみよ」

ぎょっとして紫蘭は慶晶の顔を見た。

「ま、まさか、そんなことできません」

「遠慮をしなくてもよい。見てみたいのだ、私が」

慶晶に促されたものの、紫蘭がおそれおおくて首をすくめていると、そっと頭の上に宝冠が載せられた。

「どうだ？」

どうと問われても頭の上に戴(いただ)いているのだから自分では見えない。

紫蘭は素直に答えた。

「と、とっても重いです」

そう言うと慶晶がくすりと笑った。

「重いだろうな。普段使うものではないからな」

「そうなのでございますか……？」

確かに後宮には着飾った后妃はいるものの、これほど豪華な宝冠を身につけているのは誰も見たことはなかった。

「これは、特別な時にだけ使うものだ」

「特別な……」

それは一体どんな時なのか、宮中の行事など知らない紫蘭には想像もつかない。そんなことを考えていると、ふと慶晶が目を細めて紫蘭を見つめていることに気づいた。

「これをこうして頭上に戴くそなたを見てみたかった」

「え……」

じっと見つめられると、紫蘭はどぎまぎしてしまう。

「昼間は職人のもとで修理させているが、夜はこうして私の房へ持ってこさせている。後宮へ渡らないでいる夜に眺めるためにな」

慶晶の謎めいた言葉に、紫蘭は戸惑った。

「これを見ながら、いつもそなたのことを思い出していた、紫蘭」

ついに胸がどきどきと高鳴り、紫蘭は逃げ出したくなる。

それなのに、足が動かず意味ありげな慶晶の眼差しから目が離せない。

「とてもよく似合っているぞ、紫蘭」

そっと腕の中に引き寄せられ、紫蘭の顎が持ち上げられた。

「陛下……」

長居はできない。警備兵が巡回する間隔を慎重に見極め、隙を突いてここまで来たのだ。時間が経てばまた巡回の間隔や警備兵の数も変わってしまう。またそれを見極めてくぐり抜け、後宮まで戻るのはとんでもない集中力が必要になる。警備が厳重な場所ではすぐに目的を達して立ち去るのが肝要なのだ。

なにより紫蘭は本来、こんなところにいてはいけない身なのだから。

「おそれながら……もう戻りませんと……」

はっきりと断らなくては、と思いつつも慶晶に間近で見つめられていると、声が小さくなってしまう。

「わかっている……だが、このままただでは帰せぬ」

有無を言わさぬとばかりに紫蘭のくちびるが塞がれる。

「ん……」

　このほんの少しの間だけ、紫蘭はただの護衛だということを忘れることを自分に許し、慶晶のくちづけに応えた。

　恋しく思っていても慶晶の姿を目にすることも叶わず、寂しかった心の隙間が甘く満たされていく。

　離れ難いとばかりに、くちづけは何度も繰り返された。

「引き止めて悪かった……さあ、もう戻るといい。このままだとまた朝まで離せなくなる……」

　ようやく身体を離すと慶晶が宝冠を持ち上げ、元の場所へ置いた。紫蘭は頭が軽くなったと共に、正直あんな高価で貴重なものを頭に載せているなんて生きた心地がしなかったので、ほっとしてしまう。

「まだ修理には時間がかかるかもしれない……」

　慶晶が独り言のようにつぶやく。

　そこには、苦悩がわずかながらに滲んでいるように聞こえた。気になったものの、紫蘭が立ち入るわけにはいかない。

「……それでは、わたくしは、もう戻ります」

「そうか」

　隣の部屋へ行くと、また慶晶が窓枠に乗る紫蘭の身体を支えてくれた。

「気をつけて戻るのだぞ」

「はい、ご心配なく……陛下ももうお休みになりませんとお身体に障ります」

紫蘭は窓から外へ降り立ち、闇に紛れて素早く敷地内を横切った。そして、永祥宮を囲う塀に跳び乗ると、一度後ろを振り返った。

すると、窓にはまだ慶晶の姿があり、こちらを見ていた。

見送ってくれているのだと思うと、紫蘭は胸が切なくうずいて苦しいほどだった。

しかも、未練がましく足が動かない。

だが、いつまでもこんなところにいては、警備兵に見つかってしまう。紫蘭は、振り切るようにして塀から飛び降り、後宮へ戻ったのだった。

慶晶の言っていた通り、書庫の雨漏りは早々に工事が終わり、虫干しを終えた書物も元通り棚に戻されたと紫蘭は聞いた。

翌日、英琳には後宮内の見回りに行ってくると言い置いて紫蘭は翠季宮を出た。

いつも散歩のように装い、さり気なく後宮内を見回っているのだが、やはり今日はどこか後ろめたくてついこそこそとしてしまい、何度も後ろを振り返ってしまった。

もっとも、英琳は普段は特に紫蘭に注意を払っていない。彼女も、他の女官たちの噂話から情報を得たりとなにかと忙しいのだ。

紫蘭は誰かに見つかっても不審がられないような廊下を通り、一通りいつもと違う様子はないか確認してから書庫へ向かった。

雨漏りがしなくなったというのに書庫のある建物の周りはまったく人気がない。

午睡にちょうどいい時間で、后妃たちものんびりしていてその間女官たちも思い思いに過ごしているようだ。

書庫は、后妃は好きに出入りし、書物を閲覧していいことになっているという。もちろん、一応后妃のひとりである紫蘭が利用しても誰も咎めない。なのに、慎重に何度もあたりを見回し、素早く書庫に滑り込んだ。

しばらく外の様子をうかがい、誰の気配もないことに息をついた。

書庫は、陽が入って書物を傷めないように窓は最小限の灯り取りしかなく、薄暗い。

壁に、書物は自分の房に借りて持っていってもいいが、きちんと返すこと、と注意書きが貼られていた。

紫蘭は、持って帰って英琳に見つかるわけにはいかないので、ここで読むつもりだった。

さいわい、他には誰もいない。

后妃たちはあまり書物を読まないらしい。

誰もいないのに、思わずあたりをきょろきょろと見回してから紫蘭はそっと棚に近づいた。

棚には巻物が積み上げられていて、手近なものを一巻き手に取ってみた。

紫蘭は田舎育ちだが文字の読み書きができる。

武術をもって皇帝を守る『桔梗』だが、文字が読めねば不都合なこともある。後宮にひそむ暗殺者には、外部から密書で指令が送られてきたりする。その密書を押さえても文字が読めねば意味がないからだ。

手近な書物を一巻き取り、紐解いてみた。

「えっと……子を授かるためには……？」

そのための結合として男女が絡み合う図も描かれているが、複雑でよくわからない。

「これって、なにが……どう……？」

紫蘭は首をひねって図を縦にして見たり、横にして見たりしたが、いまいちわからない。

そもそも、紫蘭が知りたいのは子をなすための性技ではない。

後宮の后妃には最も重要なことだろうが、紫蘭には必要ない。

だが、探しても探しても子をなすためには、という書物ばかりだ。なるほど、后妃は誰もここに足を運ばないはずだ。ここにある書物から学んだとて、肝心の皇帝から寵を受ける機会がまだないのだから。

だが、ふと思った。

紫蘭が皇帝の子を身籠もったらどうなるのだろう？

性愛の技術には詳しくないが、男女の営みの仕組みと、それによってどう子どもを授かるかはさすがに紫蘭も知っている。

慶晶はいつも紫蘭の身体の奥に余さずその精を注いでいると思う。

そうなると、男女として結ばれているのだから、いつかそれが実り、紫蘭が子を宿すことがあるのかもしれない。

「でも……」

紫蘭は眉を寄せ考え込んだ。

そんなとても重大なことが自分の身に起こっていいのだろうか？

皇帝の子で男児ともなれば皇子だ。

そうなれば次代の皇帝、という可能性もある。

紫蘭は書物を手にしたまま、立ち尽くしていた。

そして、しばらく考えて、そんなことは起こらない、と無理矢理結論づけた。

皇帝である慶晶のお子を産むのは大人になった皇后でなければならないのだから。

「なにを考え込んでいる？」

「……っ！」

急に耳元で声をかけられ、紫蘭は飛び上がるほど驚き、そこにいるのが皇帝慶晶だとわかって目を疑った。

「陛下」

わなわなと紫蘭は震えた。なのに、慶晶は上機嫌な様子でにこにこしている。

「どうした？」

「わ、わたくしは……『桔梗』失格です……っ」

こんな傍に誰かが近づいてきているのに気づかず背後をとられるなんて。

そう嘆くと慶晶が言った。

「それは、そなたが私にずいぶん慣れたからだ」

「慣れた……？」

いまでもこうして目の前に立たれると、恥ずかしくて逃げ出したくなってしまうのに？

「いまでは私の前で少しは気を抜いているように感じることがある」

「そ、そんな……」

紫蘭は動揺し、うろたえてしまった。

「どうした？」

「護衛としては、まったくの役立たずではないかと……」

「私は警戒しなくていい相手だということだろう？」

その言葉に紫蘭が呆然としていると、手にしていた書物を慶晶が取った。

「それより、工事が終わるのを待って、私の言った通りさっそくこうして書庫の書物で勉強しようとしていたのか？」

「は、はい」

感心したように慶晶が紫蘭を見る。

「そなたは、真面目だな」

「何事も人より努力せねば、と思っているだけでございます」

ずっと心に決めてきたことだ。

だから、もっと勉強しなくては、と紫蘭は書物を返してもらうため慶晶に手を差し出した。

「紫蘭、このような昼間に私がここに来た意味がわかるか？」

慶晶が書物を紫蘭の手に戻しながら問う。

「え……」

皇帝は、後宮に夜だけ渡ってくるわけではない。いつでも気が向けば後宮に出入りしていいのだ。

「書庫の雨漏りが確かに修繕されたか、確認するためでしょうか？」

慶晶は皇帝として後宮のことを気にかけているのではないか、と思ったのだが……。

「まったく……」

軽くため息をついた慶晶が、紫蘭の背後にある棚に手をついた。

「今宵は後宮を訪れることができない」

「え……」

一瞬、ずきりと胸が痛んだ。

それが表情に出ていたのだろう、慶晶が紫蘭の顔を覗き込んできた。

「寂しいと思ったただろう？」

「それは……」

答えられない紫蘭は顔を逸らした。

すると、慶晶の手が紫蘭の顎をすくい上げ、くちびるを重ねてきた。いつものようにやさしく抱き寄せられる。

だが、紫蘭はその腕の中で身を捩った。

「こんなところで……誰かに見られたらいかがなさいます」

「心配するな。誰も来ない、書庫など」

「ですが……」

反論しようとした紫蘭の言葉は、慶晶の舌に絡め取られてしまう。

「ん……」

書棚に身体を押しつけられたが、紫蘭はくちづけから逃れようと顔を逸らした。

「な、なにを……なさるおつもりなのですか」

「ここでそなたを抱くのだ」

その言葉に身体が熱くなり下腹の奥がきゅっとうずいた。頬がみるみる赤くなっていくのがわかる。それでも、紫蘭は流されるわけにはいかない、と顔を伏せた。

ここは夜も更けた邸の牀搨の上ではない。

そもそも誰にも知られてはならない逢瀬なのだ。

こんなことで慶晶の皇帝としての地位を危うくしてはならない。

「おそれながら、おたわむれが過ぎるかと……」

「私が欲しくないのか、紫蘭？」

耳元に囁かれ紫蘭はうろたえた。

なんと答えていいかわからない。

「さっそく書物から学んだことを試してもらいたいのだが」

「え……！」

はっとして紫蘭は身体を離し、手にしていた書物をそそくさと巻き直して紐で結んで棚に戻した。慶晶に背を向け、小さな声で言う。

「申し訳ございません。まだ、なにも学んだとは……」

「なにも得るものはなかったか？」

「は、はい。ですから、また後日に……」

慶晶が書棚に両手をつき、腕の間に紫蘭を囲い込んでしまう。こうしていてはいけない、と思うものの足が動かない。

「あの、いくつか読んでみましたが、まだお子を授かるためのものしか見当たらず……」

「後宮とはそのための場所だからな」

何気ない言葉に紫蘭は息をのんだ。

その間にも慶晶のくちびるは俯く紫蘭の首筋をくすぐり肌を熱くさせる。

思い切って腕から逃れようとすると、腰に手を回され、引き寄せられた。後ろから慶晶の欲望をはっきり伝えてくる。

「紫蘭……」

熱のこもった囁きに、抗えるわけがなかった。


衣擦れの音と、淫靡な熱気が書庫の片隅に満ちていた。

「……っ」

紫蘭は立ったまま後ろから貫かれ、棚に縋るようにして慶晶のゆっくりとした腰の動きに耐えていた。体勢のせいか、蜜口からほんの少し先の浅いところをゆるゆると穿たれている。

「く……ぅ……」

もっと奥まで満たして欲しい。

望みを口にすることもできず、ただ与えられる愉悦に身悶えるしかできない。

「どうした？　なぜいつものように声を出さない？」

「そんな……い、いけません」

慶晶の熱い吐息が首元にかかり、背筋がぞくぞくと震える。

「……っ」

声を抑える紫蘭を煽るように腰が押しつけられ、待ち望んでいた慶晶の先端がずぷりと奥まで埋め込まれた。

「ひ……ぅっ」

「いつものように振る舞え」

さらにぐっと奥まで先端を押しつけられ、紫蘭は背を反らした。

「お、お許しください……ここでは、そんな……」

「では、そなたの甘い声を聞くためには、もっと激しくせねばならないな」

慶晶の手が前に回され、紫蘭の敏感な突起をとらえる。溢れた蜜をすくった指先がぬるぬると秘裂を掻き回して動く。

「あぁ……」

紫蘭は慶晶の昂ぶりを身体の奥に咥え込んだままそこを刺激されるのに弱かった。

「は……ぁ……っ」

「どうされるのが好きなのか、私はよくわかっているのだぞ？」

紫蘭は声を出さずに首を振った。

するとと衣の上からふくらみを揉み上げられ、布越しの刺激にあっという間に尖りが凝り固まってしまう。

「あ……そんな……」

思わず蜜口で慶晶の昂ぶりを締めつけてしまう。それはまた、紫蘭の身体に強烈な快楽が刻まれるということだった。

「陛下……っ」

身体の奥に硬くふくれ上がった先端を押しつけられたまま何度も腰を回され、紫蘭はあまりの愉悦に気が遠くなるかと思った。

「紫蘭……」

息を乱した慶晶が、いつもの余裕がなくなったように紫蘭に囁く。

「あの夜、あのまま帰すのではなかったと……何度も思った。無理矢理でも私の寝所に連れ込み、朝までこうして貫けばよかったと……」

「……っ」

紫蘭は歯を食いしばった。

自分もそう思っていたと、素直に口に出してしまいそうだったからだ。

慶晶の動きがさらに激しくなり、このままお互い上り詰めるのかと思った時だった。

「ひぁっ」

一気に昂ぶりを引き抜かれ、身体を裏返される。そのまま傍の卓の上に抱えて乗せられた。髪も衣も乱れ、あられもない姿で慶晶の目に晒される。

「紫蘭……」

迎えるように大きく脚を開くと、のしかかってきた慶晶の昂ぶりがためらいなく紫蘭を奥まで貫いた。

「――っ！」

「私の腰に脚を回せ」

なんとか言われた通りにすると、これ以上ないほど身体が密着し、そのまま激しく揺さぶられた。

卓が軋(きし)んで耳障りな音を立てるが、慶晶はまったく気にしていない様子で紫蘭を攻め立てる。

力強く突き上げられ、ついに紫蘭も大きく声を上げた。

「あぁぁ……っ」

なんとか保っていた理性を手放してしまった紫蘭は、与えられる愉悦を受け止めた。

慶晶の熱い精がほとばしり、そのまま紫蘭の身体の奥に残される。

「は……ぁ……」

後宮の后妃たちが切望する寵をこの身に受けているが、紫蘭にそんな実感はなかった。燃え尽きるようにはかない交わりに、涙が頰を伝う。

「紫蘭……」

慶晶がねぎらうように紫蘭にくちづけた。

名残惜しそうに慶晶が身体を離すと、支えを失ったように紫蘭もくたりと力が抜けてしまう。卓の上で乱れた衣を整えようと手を伸ばすが、震えていてままならない。

「そ、そんなに見ないでください、お見苦しいところを……」

「なにを申す。私がこのように乱れさせたのだと思うと、たまらぬな」

慶晶が息をのむのがわかった。

いつも一度だけの交わりで慶晶が紫蘭を離すことはない。一晩に何度もということも珍しくなかった。

「まったく名残惜しいが、もう行かねばならぬ」

ようやく乱れた衣を整え、紫蘭は立ち上がったが、激しい交わりの余韻に足が震えている。

そんな紫蘭を慶晶が抱き寄せた。

もう一度長いくちづけを交わした後、慶晶は先に書庫を出ていった。

紫蘭はしばらくひとり書棚に寄りかかり、じっと目を閉じていた。

ていた。

慶晶はしばらく政務が忙しいようでお渡りは途絶えてしまった。

紫蘭はあの書庫での交わりをなにかの折に思い出してしまい、その度ひとりであたふたし

そんな午後——。

「紫蘭」

あわてた様子で英琳が房へ入ってきて震える声で言った。

「こ、皇后さまが！　紫蘭をお茶に招きたいって！」

「え……」

見舞いとして贈られてきた鉢には丁寧に花を入れて戻したのだが、やはり気に触ったのだろうか……。

「ど、どうする？　まだ体調が悪いって断る？」

おろおろとうろたえる英琳を落ち着かせるように紫蘭は言う。

「そんなこと……失礼だと思います」

「でも、なにをされるかわからないわよ？」

蛙がかなり堪えたのか、英琳は何度も断るように繰り返したが、紫蘭は招きに応じた。

華観宮は、その名の通り、花に囲まれた宮殿だ。

皇后が住まう場所だけあって、房内も翠季宮よりも格段に豪華だった。

広間に円卓があり、色とりどりの菓子が並べられている前に許皇后がちょこんと座っていた。

「よく来たな、蔡妃よ」

「お招きにあずかりまして……」

「堅苦しい挨拶はいい。先日は、いろいろとあったが、体調が悪かったと聞いたのでな。そうであれば、わらわは皇后ゆえ、妃を見舞わねばならぬ」

許皇后は遠慮せず座って菓子を食せ、と紫蘭にすすめた。

「ありがとうございます」

紫蘭がすすめ通り椅子に腰かけようとしたとき、円卓の中央に置かれていた花瓶から音もなく蛇が出てきた。

皇后を見るとほくそ笑んでいるが、周りの女官たちは袖で顔を覆い震えている。

紫蘭は平然とその蛇を摑んだ。

「なっ！」

「あぶのうございましたね、皇后さま。どこからか蛇が紛れ込んでいたようです」

許皇后があんぐり口を開けた。

「そなた、それは蛇じゃぞ？」

「はい、毒のない無害な蛇ですから、大丈夫でございます」

しかも、まだ子どものようだ、と紫蘭はおだやかに微笑んだが、許皇后はおもしろくなさそうに顔をしかめている。

「そなた、この前の蛙も驚かなかったそうだな」

「蛙？　蛙でございますか？」

紫蘭が首を傾げると許皇后が叫んだ。

「とぼけるな！　あの鉢を持っていかせた女官に様子をうかがわせていたのだ。そうしたら、英琳とかいう女官の叫び声しか聞こえなかったと申していたぞ」

やはり見舞いを届けに来た女官が紫蘭の反応を確かめていたのだ。

「お礼を申し上げるのが遅くなりましたが、あれは、わたくしを蛙でびっくりさせて元気を出させようという、皇后さまのお気遣いだとありがたく思っておりましたが……」

そう言うと、さすがの許皇后もうんざりした顔をした。

「そなたはなんだか変な妃だのう……」

「もったいないお言葉です」

「……褒めてはおらぬぞ」

やれやれ、と呆れたように許皇后がため息をつき、紫蘭は自分が手に蛇を摑んだままなのに気づいた。

許皇后はすっかり興がそがれた様子で、もうこの場を辞してもいいと思えた。

「そろそろこの蛇を放してやってもよろしいでしょうか？」

「こ、ここでか？」

許皇后と共に周りの女官も悲鳴を上げそうになって、紫蘭はあわてて言った。

「いいえ、ここではなく、ちゃんと元の場所に帰します」

女官たちのほっとした様子を見ると、やはりさっさと退出した方がいいだろう。

「この蛇はどこで捕まえたのですか？」

「小龍がどこからか咥えてきたのじゃ」

許皇后が答えると、足下でうろうろしていた小龍がしっぽを振りながら、わん、と吠えた。

「では、おそらく月泉宮の内院から捕まえてきたのでしょう」

蛇を手にしたまま立ち上がった紫蘭は、許皇后に言った。

「よろしければ、皇后さまもご一緒にいかがです？」

「わ、わらわも……？」

思ってもみなかったのか、許皇后は先ほどの威勢が消え、頼りなげに戸惑っている。

「陽気もいいですし、散歩の代わりに」

しばらく許皇后はもじもじしていたが、ちらりと紫蘭を見て言った。

「い、行ってやってもよいぞ」

「では、参りましょう」

紫蘭が空いている方の手を差し出すと、少しためらった後許皇后が手を繋いできた。そうして許皇后はおとなしく紫蘭にとことことついてくる。

片手に蛇、片手に皇后、となんだかおかしなことになっていたが、紫蘭は楽しく感じていた。

月泉宮の庭は広く、梅林や、奇岩がいくつも置かれたりと趣向が凝らされている。その奇岩の岩場で紫蘭は手にしていた蛇をそっと放した。

許皇后が紫蘭の背後から顔を覗かせ見守っていると、蛇はするすると岩の隙間に入っていった。

「あそこが蛇のねぐらなのでしょうね」

「あんなところで寝ているのか？」

狭くて居心地が悪そうだ、と許皇后が不思議がる。

「蛇は暗くて狭いところを好むのですよ」

「そなた、よく知っているな」

感心したように見上げられ、紫蘭は少し照れ臭かった。

「そういえば、あのお見舞いにくださった蛙はどうされたのですか？」

「もちろん池で捕まえたのだ、女官たちがな」

気の毒に、と紫蘭は皇后の女官たちに同情する。

「女官たちは蛙など苦手な者ばかりでしょう。そんなことをさせてはかわいそうです」

「確かにめそめそと泣きながらやっておったな」

手際が悪いおかげでちっとも集まらなかった、と許皇后はぼやいた。

本当は、もっとたくさんの蛙を鉢に詰めるつもりだったと聞き、英琳のためにも一匹でよかった、と紫蘭は思った。

「今度からそういう時にはこの紫蘭をお呼びください」

「そなたを？　そなたは、なぜ蛙が怖くないのだ？　蛙どころか蛇も怖れぬな」

「わたくしは……」

他の后妃たちとは育ちが違う。だが、そんなことは言えない。

「その、生き物が好きなのです」

「生き物が？　好き？」

不思議そうに許皇后が紫蘭を見た。

「取るに足らぬ虫どもだぞ？」

「そんなことはありません。皆一生懸命生きているのですよ」

そういうところが健気で愛らしくて好きなのだ、と紫蘭は話した。許皇后が少し考え込むように黙る。

「これまで考えもしなかったな。蛙や蛇をいたずらに使う以外にどうしろというのじゃ？」

「飼ってみたり、観察してみたりでしょうか」

許皇后が子どもらしい驚いた顔をする。

「観察?」

「そうです。どんな場所を好むのか、なにを食べるのかなど新しく知れることもありますし、見ていれば楽しいこともあります。あとは、筆で姿を写したり……などでしょうか」

そう言うと、つまらなそうに許皇后がくちびるを尖らせる。

「絵か、絵は苦手じゃ。そもそもわらわは姿を絵に描かれる方だからの。紫蘭は絵が描けるのか?」

「人にご覧に入れるほどのものではありませんが、多少は」

ようやく許皇后は興味を持ってくれたようだ。

「そうか、よいのう。わらわに描いて見せておくれ」

「では、いまから翠季宮に戻り、道具を持ってまいります」

そうして紫蘭は許皇后に蛙の絵を描いて見せた。

許皇后はいたくよろこび、自分も描くのだと夢中になって筆の使い方を紫蘭に素直に教わった。

子どもらしく遊ぶ皇后を、仕える女官たちも微笑ましく見守り、後で紫蘭は彼女たちに大変感謝された。

それからというもの、紫蘭はついに慶晶に、

「そなた、ずいぶんと皇后に気に入られたようだな」

と言われるほど、頻繁に許皇后から遊び相手として呼び出されていた。

皇后付きの女官からも紫蘭の話を聞いた、と南水邸を久しぶりに訪れた慶晶が話した。

「皆、感心していたぞ。辛抱強く皇后の遊びに付き合っていると」

「なにも辛抱などしておりません。わたくしも皇后さまと一緒にいるのは楽しいです」

慶晶が苦笑し、箱を差し出した。

「そんなそなたには私から褒美を取らそう」

「これは……菓子ですか？」

雪に埋もれるように、絹糸を巻いた繭が箱の中に並んでいる。

「龍の髭飴だ」

飴を細く長く伸ばし巻き取ったものらしい。雪だと思ったのは粒子の細かい砂糖だった。

「飴なのですか？　雲を巻き取ったのかと思いました」

「雲を巻き取るなど」

そんなことができるわけがないだろう、と慶晶は笑うが、紫蘭は至って真面目だった。こ

んな立派な皇帝である慶晶が意のままに手を伸ばせば、雲の方から降りてきそうだ。

「陛下ならおできになるかと」

「紫蘭……」

そっと引き寄せられ、紫蘭は間近で慶晶と目を合わせた。

「いつかおまえのために雲を巻き取って食べさせてやろう」

「陛下」

いつか、という言葉に紫蘭の胸はどうしようもなく震えた。

約束など求めてはならない身なのに、もしかして、いつかその時まで傍にいられるのかもしれない、と。

「楽しみです」

龍髭糖は、まさに雲のように口の中であっという間に溶けてしまった。

後には、うっとりするほどの甘さだけが残った。

そんなおだやかな日が続く中、ふいにそれは訪れた。

「蔡妃さま、お客さまがいらしています」

英琳がそう取り次いできて紫蘭は驚いた。『蔡妃さま』なんて呼ばれるとぎょっとしてしまうが、なにかあれば体裁を取り繕ろい、妃と仕える女官として振る舞うとあらかじめ英琳には言われている。

紫蘭もそれをふまえて妃として答えた。

「お客さま？　どなたでしょう？」

ちらりと入り口の方を英琳が見る。

「香貴妃さまがお会いしたいと」

紫蘭がその名にぴんとこないでいると英琳が声をひそめて言った。

「先日、皇后さまの犬から助けた方よ」

「ああ、あの時の……」

思い出したが、なぜたずねてきてくれたのかわからない。

またかしこまって英琳が言う。

「そのお礼にいらしたようですよ」

「そんな、そのことでわざわざいらしてくださったのですか？」

客間に通したから、と英琳に言われ紫蘭はさっそく向かおうとした。待たせては悪いと思ったからだ。

「ちょっと！」

英琳が女官らしからぬ口ぶりで紫蘭を引き止めた。

「な、なんです？」

「少しは着飾らないと、お客さまに失礼ですわ」

それに妃らしくもない、と英琳に言われ急いで支度をしてもらった。とはいえ、髪飾りをつけてもらい、領巾を肩にかけたくらいだが。

「香貴妃さま、大変お待たせしました」

椅子に座っていた香貴妃が立ち上がる。

「突然たずねてきたりして申し訳ありません、蔡妃さま」

「いえ、わざわざ足をお運びくださるなんて、わたくしをお呼びくだされればよろしいものを」

妃である紫蘭より、貴妃である彼女の方が身分は上だ。こういう場合、後宮ではどんな用だろうと自分より下の身分の者は呼び出すもので、わざわざ自分からたずねたりはしないのが常だ。

「ようやくこうして先日のお礼にうかがうことができました。あの時はちゃんとお礼のひとつも言えなくて」

あれから香貴妃も体調が優れず、ずっと伏せっていたという。

「そんなお気になさらないでください、香貴妃さま。お身体はもうよろしいのですか?」

「ええ、私はあまり身体が丈夫ではないから、無理をしないようにはしているのだけど」

挨拶が済んだ頃、見計らったように英琳がお茶を運んできてくれた。

「花茶でございます」

器の中で茶葉が花のように広がっている工芸茶だ。茶葉を糸で束ね、お湯を注ぐと花のように開いて香りと共に目も楽しませるお茶だ。

英琳がお茶を出してそそくさと下がっていくのを見て香貴妃が言った。

「蔡妃さまの宮殿にはあまり女官を置いていないの？」

「え……」

房に案内するのも、お茶を出すのもひとりの女官では香貴妃が不思議に思うのも無理はなかった。通常、后妃には大勢の女官がついてあれこれと世話を焼くものだからだ。

「あの、英琳はとても気がきく女官で、何人分もの働きをしてくれるのです」

「そう、それはいいわね」

そこで香貴妃は英琳から興味を失ったようだ。

花茶の茶葉が開ききり、中から白菊の花がいくつも浮かんできたのを見て目を細めている。

「いい香り」

お茶の香りを堪能している香貴妃の姿は、たおやかで美しく思わず見とれるほどだ。身につけているものも趣味がよく、まさに貴妃にふさわしい。

ひとしきりお茶を楽しんだ後、香貴妃が控えめに言った。

「それで、先日のお礼といってはなんだけど、これをあなたに」

香貴妃が少しはにかんで差し出したのは、美しい花の刺繍が施された小袋だった。

「これは……」

「私が作ったものよ、よかったらだけど受け取って欲しいの」

「なんて美しい。こんなに手の込んだものを、本当にわたくしがいただいてもよろしいのですか？」

「ええ、もらってくれるとうれしいわ」

そう言って香貴妃は一口お茶を飲んだ。

「ありがとうございます。大切に使わせていただきます」

「よかった……」

あまりにも香貴妃が安堵しているのが大げさに思えた。

「香貴妃さまが手ずから拵えたものをよろこばないわけがありません」

一瞬うれしそうな顔をした香貴妃がすぐに表情を曇らせる。

「いいえ。以前、皇后さまにも同じようなものを差し上げたのだけど、嫌みか！　と怒ってしまわれて……」

「嫌み、ですか？」

一体、どう受け取ればこれが嫌みになるのだろう、と紫蘭は首をひねる。

「それが、皇后さまはまだ幼くていらっしゃるから、針仕事が得意ではないらしくて……」

香貴妃は十九歳で、皇后と同じ年頃からこれまで長く刺繍を嗜んでいるし、最初はまったく上手にできなかった、と話したそうなのだが……。

「だから、お教えしましょうか、と申し出たら、余計に不興を買ってしまったのよ」

それから、なにかにつけてこの前のように犬をけしかけられたりと嫌がらせをされているのだと香貴妃はため息をついた。

「もうひとりの貴妃である宗貴妃さまは私より大人で、まったく皇后さまのことを相手にされていないから、余計に私に矛先が向くのではないかと思っていたのだけど……」

宗貴妃とは、もうひとりの貴妃で、英琳の話では皇帝と同じ年だと言っていた。

「でも、いまは蔡妃さまが皇后さまのお相手をしてくださっているから、わたしへの嫌がらせもなくなったわ。本当にありがとう」

「い、いえ、そんな……お礼を言っていただくようなことはなにも……」

止まりそうになかった香貴妃の愚痴だが、ようやく気が済んだようだ。

「陛下がお渡りになる夜、こう言ってはなんだけど、手持ち無沙汰でしょう？　だから、私は刺繍をしているの」

細かく手の込んだ刺繍に香貴妃が過ごしてきた時間の長さを感じ、紫蘭はしみじみと小袋を眺めた。

「あなたは南水邸での夜、なにをしているの？　時間を持て余すでしょう？」

紫蘭はどきりとした。

皇帝が渡ってくる夜、紫蘭は他の妃のように暇を持て余すことはない。

こんな時、本当の妃であれば、皇帝の寵を一身に受けていることを誇り、得意になるところだろう。

だが、紫蘭は後ろめたく思うばかりだ。

「そ、そうですね。わたくしは、その、星を眺めたり……」

「星を？」

香貴妃が意外そうな顔をしたので、苦し紛れにもほどがあったかと紫蘭は焦る。だが、香貴妃は不審には思わなかったようだ。

「そう、星を……私も昔はよく星を眺めたわ」

香貴妃の生まれ育ったのは、星空がとても美しい場所だったという。それを聞いて紫蘭は疑問に思った。貴妃ともなれば名門貴族の出身で、そうなればこの禁城の周りに建つ大邸宅で育ったはずだ。

疑問が顔に出ていたのか、香貴妃が微笑んだ。

「私、幼い頃身体が弱くて、都から離れた山の麓で育ったの。夏になると夜、山に登ってね、満天の星空を眺めるのが好きだったわ」

懐かしそうな遠い目をして香貴妃は続けた。

「幼なじみと一緒にね、草の上に寝転がって星を眺めるの。とっても綺麗でね、降るような星とはああいう星空のことを言うのだわ」

その後、年頃になった香貴妃は、身体も十分丈夫になったと医師に言われ、後宮に入ったのだという。

夢を見るようだった香貴妃の顔がみるみる曇っていく。

「いまもよく夢に見るの。あの山の麓で暮らしていた日々を……」

独り言のように言った香貴妃がはっと我に返ったような顔をした。

「嫌だわ、私ったら……こんな話、後宮では誰にもしたことがないのに」

そうして紫蘭の顔をまじまじと見つめる。

「またこうしてあなたとお話しできたらうれしいのだけど」

「もちろんです、香貴妃さま。わたくしでよければいつでもお召しください」

ありがとう、と香貴妃は微笑んだ。

「ふふ、陛下のお渡りがある夜も、あなたと一緒におしゃべりして過ごせればいいのに。そうしたら、時なんてあっという間に過ぎてしまうに違いないわ」

「え、ええ……本当にそうですね」

ようやく満足したのか、香貴妃は帰っていった。

その夕方、また皇帝が後宮へ渡ってくると知らせがあった。

ここのところ、頻繁に皇帝のお渡りがあるので、後宮でも少し不思議がられているらしい。

その中に、慶晶が命を狙われているのではないか、という噂もあった。

「でも、権力を握っているのは許宰相だからね。陛下のお命を奪ってもなにも変わらないから、そんなことないと思うわ」

英琳はのんきに言ったが、紫蘭は不安だった。

夜が更け、いつものように南水邸に紫蘭は控えた。

しばらくして、皇后の控える北雪邸に皇帝を導く灯りが消えていくのを見守っていると、闇の中、白くぼんやりとした幽鬼のような人影が見えた。

「あれは……」

影はふらふらとした足取りでゆっくりと北雪邸に向かっている。

紫蘭は窓を乗り越え院に降り立ち、素早く音を立てずに影に近づいた。

「香貴妃さま……なにをなさっておいでなのですか」

振り返ったのは、幽鬼ではなく西竹邸に控えているはずの香貴妃だった。

「まあ、蔡妃さま……こんなところでなにをしているの?」

香貴妃は、洗い髪のまま虚ろな目をして、手には細い針を持っている。

どう見ても正気ではない。

紫蘭は香貴妃を刺激しないようおだやかに声をかけた。

「香貴妃さまこそどうなさったのですか？　ご気分でも悪いのですか？」

考え込むように香貴妃が俯く。

「気分は……」

顔を上げた香貴妃の虚ろだった目にあやしい光が宿る。

「気分は悪いわ……ずっと……」

明らかに、香貴妃の雰囲気が変わった。

苛立(いらだ)ちに駆り立てられ、いまにも走りだしてしまいそうだ。

だが、そうさせてはならないと、紫蘭はやさしく声をかけた。

「でしたら、まず身体を休めて侍医に診てもらいましょう？　そのような薄着で夜風に当たってはお身体に障りますよ」

「邪魔をしないで」

香貴妃は青白い顔を向け紫蘭を睨みつける。

「私はただ……外へ出たいの。ここは、息苦しい……」

喉の奥から絞り出すような声が痛々しいほどだ。

「ここの木々も花もすべて作り物よ。美しい金や銀で造られているけど、偽物なの」

だから、ここを出ていきたい、と香貴妃は繰り返した。

「ねえ、陛下がいなくなれば、私は外へ出られる。そうでしょう？」

香貴妃が自分の手にしている針に目を落とす。

「そんなもので陛下を害することはできません。あなたが怪我してしまいます。ひとまずそれをわたくしに渡してください」

針を渡すよう紫蘭は手を差し出したが、香貴妃は笑顔で答えた。

「大丈夫よ。陛下のお命までは望まない。ただ、目が見えなくなれば帝位を下りるしかないと思うの」

「香貴妃さま……」

紫蘭は息をのんだ。

手にしているのが小刀などであれば、隙を見て叩き落とすこともできるが、握り込んでいる細い針ではそうもいかない。腕を取って奪おうとすれば、香貴妃の身体を傷つけてしまう。

こうなれば、紫蘭が自分の身体で針を受けるしかない。

身体に刺さったところを押さえることができれば、香貴妃を傷つけることはないだろう。

「そんな細い針でなにができます？　香貴妃さまのか弱いお力では人の身体に刺すことなどできませんよ」

「なんですって……？」

紫蘭の挑発に香貴妃が乗ってきた。

これで攻撃が紫蘭に向かえば、と思ったが、やはり香貴妃は錯乱していてもやさしい人なのだろう。

「邪魔をするならこうよ……」

香貴妃が自分の首元に針を向けた。

「……香貴妃さま、落ち着いてください」

「さあ、そこをどいて」

紫蘭は一歩下がった。少しでも香貴妃を傷つけるわけにはいかない。

「わたくしがいる限り、陛下のところへは通すわけには参りません」

「なんですって……！」

香貴妃がすわった目で紫蘭を睨みつけ、針を持った手を振りかぶった。

背中の肩あたりで針を受け止めようとした時、香貴妃の短い悲鳴が聞こえた。

「無事か、紫蘭」

「陛下？」

慶晶が香貴妃の腕を取り、押さえつけている。

「陛下ですって……？」

香貴妃が振り返り、皇帝の顔を見る。その途端、香貴妃は目を見開き悲鳴を上げ、ぐったりしてしまった。

「香貴妃さま」

紫蘭があわてて顔を見ると、香貴妃は気を失っているようだった。

「一体、なにがあった？」

「それが……」

紫蘭がいま起こったことを説明すると、慶晶が声を荒らげた。

「なぜこんな危険なことをした？　それに、目を疑ったぞ、針を自分の身で受け止めようとするなど……」

その言葉に、紫蘭の中のなにかが激しく揺れた。

「なぜ……？　わたしは、『桔梗』です。この身にかえても陛下をお守りするのが使命。危険など省みていては、陛下をお守りすることができません」

口にしてしまった、と思ったもののわき上がってきた言葉が止まらない。

「わたしは……陛下の『妃』ではないのです」

「紫蘭」

慶晶が咎めるように眉を寄せたが、紫蘭も怯（ひる）まずその目を見返した。

そうしていると、倒れている香貴妃が身じろぎし、呻（うめ）いた。

「う……」

視線を逸らした慶晶が香貴妃を抱き上げる。

「……香貴妃を侍医に診せねば」

こんな時なのに、抱き上げた香貴妃をじっと見つめている慶晶の眼差しに胸が痛んだ。

そして、そのまま慶晶は行ってしまい、紫蘭はただその後ろ姿を見送るしかできず、立ち尽くしていた。


「お疲れさま」

いつものようににこやかに迎えてくれた英琳に、昨夜、香貴妃が錯乱し、紫蘭がなだめようとしたところ騒ぎを聞きつけた皇帝が助けてくれたと話した。

「そ、そんなことがあったの？」

口を開けて英琳が呆気(あっけ)にとられている。

驚くのも無理はなかった。

そして、ここではじめて紫蘭は、皇帝に『桔梗』だと知られてしまったことを話した。

『桔梗』は正体を知られないように行動することになっている。後宮に入り込んでいる刺客に知られてしまうと面倒なことになるからだ。

さすがの英琳もしばらく絶句していた。

「ま、まあ、陛下は後宮で『桔梗』が妃として護衛の任についていることは一応ご存じよ。ただ、誰が『桔梗』かなんてわざわざお知らせすることはないけど」

だから、皇帝に知られても、時と場合によっては仕方がない、と英琳はうろたえながら言った。

厳しく叱責され、上司である梓旬に報告されるかと思ったが、英琳はそういう性格ではなかった。

梓旬はもう年齢的にも面倒事は持ち込んでくれるな、と思っているようで、あちらから関わってくることはないらしい。英琳はここはふたりだけの間でおさめると決めたようだ。

「それで、どうなったの？」

「陛下が香貴妃さまを侍医に診せるとおっしゃって運んでくれたのですが、それからどうなったかわからないのです」

慶晶は結局北雪邸にも戻ってこず、そのまま朝になってしまったのだ。

紫蘭はひとり北雪邸を見張りながらまんじりともせず夜を明かした。

「わかったわ、香貴妃さまがどうなさっているか、さぐってくる！」

英琳があわただしく翠季宮を出ていき、紫蘭はひとまず自分の房へ戻った。

「疲れた……」

思わず弱音が独り言となって出た。

香貴妃のことは心配だったが、とにかく休みたかった。

いまはもうなにも考えたくない。

房に入って大きく息をついたところでふと気づいた。

「……っ！」

窓辺に一輪、桔梗の花が置かれていた。


一瞬で血の気が引いて動揺しそうになったが、この桔梗を置いた者がどこかで見ているかもしれない、と紫蘭はなんとか平静を装い、気づかないふりをした。

長椅子に腰かけて髪飾りを外し、鏡を見ながら櫛を手にしてゆっくりと髪を梳る。

だが、内心では混乱して、目まぐるしく考えが回っていた。

一体誰が、紫蘭に『桔梗』の花を……！

偶然ではない。

この花をここに置いた者は、紫蘭が『桔梗』だと知っている。

そして、そのことを密かに紫蘭にだけわかるよう告げに来たのだ。

皇帝以外にも、この後宮にいるのだ、紫蘭が『桔梗』だと知る者が。

目的は、なんなのか……。

考えを巡らせていると、遠くから足音が聞こえてきた。

「紫蘭！」

大きな声を上げて英琳が戻ってきたようだ。

紫蘭は椅子から立ち上がり、居間へと向かった。

「香貴妃さまは、いまはご自分の宮殿でお休みになって落ち着いているようよ。ただ、昨夜西竹邸でご気分が悪くなられたってことにされているようだわ」

「そうですか……」

紫蘭はひとまず安心した。

香貴妃は疲れているのだ。

後宮にとどまる限り、心はそう簡単に晴れないかもしれないが、いまはゆっくり休んで欲しい。

「でも、前からどこか暗い顔をされているとは思ったけど、なにを思い詰めていらしたのかしらね。皇后さまの嫌がらせは最近おさまったようだし、だったら、やっぱり陛下のお渡りがないからかしら？」

そのことを気に病む后妃は多いらしい。

「そういう場合も、陛下の寵愛が他の妃に移ってしまったとかなんだけど……」

そもそもいまの後宮では誰も寵を競っていないし、と英琳が首をひねる。

こんなことの後に、さらに心配をかけるようで言い出しにくかったが、黙っていても結局は英琳に迷惑がかかると思い、紫蘭は英琳を手招きした。

「なに？」

一瞬怪訝そうにした英琳だったが、やはり彼女は察しがいい。

すぐに紫蘭の口元に耳を寄せてきた。

「実は……」

紫蘭は房の窓辺に桔梗の花が置かれていることを話した。

「えぇ……」

悲鳴を上げそうになった英琳の口を紫蘭は素早く手で押さえる。

「静かに……誰に聞かれているかわかりません……」

「んぐ……」

目を白黒させている英琳が落ち着くまで紫蘭は手を離さなかった。

やっと気を取り直したのか、英琳が紫蘭の手を叩いた。

慎重に手を離すと、英琳が大きく息をする。

「ちょっと、手加減しなさいよ……『桔梗』に羽交い締めにされたら本当に動けないんだから……」

乱れた髪を直しながら英琳が小声で言った。

「それで？　桔梗の花ってどういうこと？」

「誰かにわたしが『桔梗』だと知られてしまったのだと思います」

英琳の顔がこれ以上ないほど引きつる。

「さっき！　陛下に！　知られてしまったたったって！　聞いたばっかり……！」

後は言葉になっていなかった。

せっかく整えた髪を英琳は掻きむしってしまう。

「……もう、一体、それは誰なのよ？」

昨夜、香貴妃を助けた時、慶晶と言い争ったのを聞かれていたのだとしか考えられなかった。

だとすれば、あの四季邸にいた后妃の誰かと考えるのが自然だ。

北雪邸の許皇后は眠っていた。

皇后付きの女官がひとりいるが、彼女は皇后の傍を離れたりしないだろう。

気絶していた香貴妃は除外するとして、後は、もうひとりの貴妃、東梨邸に控えていた宗貴妃しかいない。

「宗貴妃さま……」

その名に英琳が考え込むようにつぶやいた。

紫蘭も話には何度か聞いたことがあるが、未だその姿を見たことはない。

だが、宗貴妃が、あの騒ぎを聞きつけてどこかで様子を見ていたとしてもおかしくはないだろう。

ただ、一体なんの目的で、紫蘭に近づいてきたのか。

慶晶と言い争った時に、『桔梗』という言葉を聞き取ったとして、それが皇帝の護衛だとわかる者はなかなかいないはずだ。

紫蘭は英琳と顔を見合わせた。

「相手がどう出てくるか……待つしかないんじゃない？」

そうは言ったものの、英琳もその提案には納得していないようだ。

窓辺に置かれていた桔梗の花は、英琳が見つけたことにして、紫蘭の部屋に飾った。

調べてみたが、毒などが仕込まれているということもなく、ただの花だった。

紫蘭は房にひとり、首の細い花瓶に生けられている桔梗の花を見つめていた。

「英琳。宗貴妃さまにお目にかかりたいと伝えてもらえますか」

「え……」

このまま待っていては紫蘭も落ち着かない。

宗貴妃が次の手を打ってくる前にこちらから動くことにしたのだ。

そうして、挨拶をしたいと申し入れると、すぐに返事が返ってきた。

紫蘭が宗貴妃が住まう清音(せいおん)宮をたずねると、内院の四阿に案内された。

花弁の大きい見たこともない花が、色とりどりに咲き乱れている。その四阿の屋根の下、足を組んでゆったりと椅子に腰かける宗貴妃がいた。

「そなたが蔡妃か」

「ご挨拶が遅れまして、大変申し訳ありません、蔡紫蘭と申します」

はじめて会う宗貴妃は、女性にしては大柄で堂々とした体軀（たいく）の持ち主だった。さらに、はっきりとした目鼻立ちの美女で迫力がある。

すでに茶器が用意されていて、いい香りがしていた。

「まあ、座るがよい」

紫蘭は礼を言い、すすめられた椅子に腰かけた。

女官たちがお茶を煎れ終わり、宗貴妃が軽く手を払うようにすると皆そそくさと引き上げていった。

内院は静かで、どこからかかすかに水の流れる音がするだけだ。

「先日は、美しい『桔梗』の花をありがとうございました」

茶器を手にした宗貴妃がにやりと微笑む。

「ほう、気に入ったか？」

「はい」

宗貴妃がゆっくりお茶を飲むのを紫蘭は見つめていた。

何気ない動作も見落とさないように。

それに気づいたように宗貴妃が言った。

「もしや、私の首を取りにくるかと思ったが……どうやら違うようだな」

宗貴妃は足を組み替え、椅子に背をあずける。

「私は武門を誇る宗家の生まれで、禁軍を預かる宗将軍は私の父だ。『桔梗』という女兵が後宮にひそみ、陰ながら陛下をお守りしているのは聞き及んでいる」

宮中警備に関わる者は皆将軍の部下、ということになるからだろう。

「噂では『桔梗』とは、女ながらおそろしい手練れだそうだな」

くくく、と宗貴妃が笑う。

「その『桔梗』を私が打ち倒したとしたら……」

さすがに紫蘭も目を見開いて宗貴妃を見た。

「私には兄がひとりいてな。将軍である父の右腕として期待されているが、私からすればまったく向いていないとしか思えない。兄は勉強が好きで頭もいいのだが、身体は虚弱、気もやさしくてな。武官として働くのは無理と言ってもいい。だが、宗家の男子と生まれたからには、武官として生きていかねばならぬと周りの誰もが思い込んでいる」

不幸なことだ、と宗貴妃がつぶやく。

「だからこそ私は、幼い頃から兄に代わり自分が将軍になるのだと思っていた」

宗貴妃が反応をうかがうように紫蘭を見る。

「ふん、女の身で大それたことを言っていると思うか？　だが、この暁国建国の祖である令(れい)奏(そう)帝の右腕であった黄(こう)将軍は女であったのだ。誰よりも勇猛で、矛の達人として右に出る者はいなかったと言い伝えられている」

　そこで宗貴妃は言葉を切り、しばらく黙り込んだ。

「……だが、実際、私は、将軍どころかこうして後宮に入れられてしまった。貴妃として、陛下の寵を得て皇子を産むためにな」

　苦々しい表情で宗貴妃は続けた。

「ずっと兄と一緒に師について武芸を磨いてきた。私の方が武人に向いていると師にも言われていたのだ。この後宮に入っても、一日たりとて腕を磨くことをおろそかにしておらぬ」

　紫蘭には、この先宗貴妃になにを言われるのか想像がついてしまった。

「私と勝負してくれぬか、蔡妃。いや、『桔梗』よ。最強の手練れであるそなたを倒せば、父も私をこんな後宮に閉じ込めておくことはなさらぬであろう」

　宗貴妃から自信と闘争心が漲(みなぎ)っている。

　だが、紫蘭は椅子から立ち上がり、伏して言った。

「わたくしの務めは、皇帝陛下をお守りすること。それはこの後宮の后妃さまに対しても同じことです。わたくしが宗貴妃さまを傷つけるなど、あってはなりません。どうかご容赦ください」

「……私のたっての頼みを、断るということか？」

宗貴妃の声音が明らかに苛立ちを帯びてきた。

「こればかりは、できぬご相談でございます」

「ふん……では、そなたが密かに陛下の寵を受けていることは、どう申し開きをする？」

ぎくりと身体が強ばった。

「許宰相の耳に入れば、陛下は失脚……ということになるであろうが……それでもよいのか？」

紫蘭は平伏したまま言葉を返せなかった。

『桔梗』であることだけでなく、慶晶とのことも知られたとは思わなかった。あの言い争いだけで、慶晶と紫蘭がただならぬ仲だと知られるとは……。

「私の頼みを聞く方が懸命ではないか？」

紫蘭は石のように動けないでいた。

「頼みを聞いてくれれば悪いようにはせぬ。手合わせしても、そなたの命までは取ろうと思っておらぬから、そこは安心するがよい」

その言葉にぴくりと紫蘭の肩が揺れた。

紫蘭の胸の奥で『桔梗』としての誇りが静かに燃え上がる。

ゆっくりと顔を上げ、ひたと宗貴妃を見据えた。

「……おそれながら、宗貴妃さま。刃を交えるまでもなく、あなたさまではわたくしに敵わないでしょう」

「なんだと……？」

宗貴妃がおそろしい形相で紫蘭を睨めつけてきた。

いまこの場に剣があれば、首をはねられそうないきおいだ。

「では、受けて立つというわけだな？」

「ここまで申し上げても、まだお望みであるなら」

一体、自分はどこまで『桔梗』として道を踏み外すのか。

だが、慶晶の帝位を守るためには、どうしてもこの勝負、受けねばならない。

他に選ぶ道はないのだ。

「この約束、違えるでないぞ。手加減は一切不要。明日の早朝、ここ清音宮の院で待っておる」

苦々しい思いを抱えたまま、紫蘭が清音宮を出ると、英琳が待っていた。

「紫蘭……」

不安そうな顔をした英琳が駆け寄ってくる。

「どうしたのですか？　こんなところまで」

「心配して来たに決まってるでしょ」

英琳がひとりで抱え込むなと最初に言っていたことを思い出した。

「大丈夫です」

紫蘭は微笑んでみせた。

「それで、どうなったの？」

「房に帰りましょう。詳しい話はそこで」

あたりに人影はなかったが、用心するに越したことはない。

翠季宮の房に帰ってきて、さっそく英琳に経緯をきかれて、紫蘭は詳しく話した。

もちろん、宗貴妃に皇帝との関係を知られてしまい、そのことで脅されたことは言えなかった。やはり『桔梗』だと知られてしまい、手合わせを願われた、とだけ話したが、英琳は特に疑問に思わなかったようだ。

話を聞き終わった英琳が卓に頬杖をついた。

「まったく身の程知らずの困った方ねえ。私にだってわかるわ。宗貴妃さまも腕にはおぼえがあるんでしょうし、並の兵士くらいだったら軽々と蹴散らせるでしょうけど、『桔梗』に敵うわけがないじゃない」

相手の力量が計れないようでは一流とは言えない、と英琳は厳しい。

「ですが、宗貴妃さまが将軍に向いているのは間違いないと思います。武芸の腕はもとより、はじめてお目にかかりましたが、軍を率いるのにふさわしい威風の持ち主かと」

まあね、と英琳が同意する。

「後宮で腕を持て余していらっしゃるようだし、気持ちはわかるけど」

宗貴妃はその気性から後宮で暮らすには向いていない、と英琳も知っていたようだ。

「あの見栄えのいいお顔立ちでも身を飾ることに興味はないようだし、女同士でたわいないおしゃべりなんて絶対なさらないものね」

苦手な方だわ、と英琳がため息をつく。

「どうしたの？」

つい黙り込んでしまっていた紫蘭に、英琳が言った。

「すみません。また『桔梗』だということを知られてしまって……」

英琳が仕方がない、とばかりに手をひらひらとさせる。

「これまでも、まったくバレなかったこともないけど……」

『桔梗』だと知られてしまったのは、同じ后妃か、女官だったため、そのたびになんとか口止めしてきたらしい。

「宗貴妃のことは、手合わせで紫蘭がちゃんと勝てばいいのよ。そうすれば、宗貴妃も他言したりしないでしょ。『桔梗』だと正体を触れ回られたら警護がやりにくくなるから後宮にはいられなくなるけど、それってつまり陛下をお守りする者がいなくなるってことで、陛下になにかあれば、ここの后妃さまもその身分を失うのだから、さすがに宗貴妃さまもそこまでしないと思うわ」

新しい皇帝が立てば、後宮の人員は刷新される。

残れるのは、皇帝との間に子をなした后妃だけだ。

「とにかく、負けちゃだめよ」

「はい」

紫蘭はうなずいた。

もとより負けるわけにはいかない。


夜開け前に、紫蘭はそっと起きだして身支度をし、英琳を起こさぬよう翠季宮を出た。まだ下働きの下女も立ち働いていない後宮で、ひとり清音宮へ向かう。

昨日、四阿のあった内院のさらに奥に、普段宗貴妃が鍛錬をするための広場があると聞いていた。紫蘭は以前、深夜に歩いて確認して回り、後宮内のすべてを把握しているので、案内されるまでもなかった。

うっすらと夜が明けはじめ、朝靄(あさもや)が漂う中、宗貴妃は、まさに男のような勇ましい出で立ちで紫蘭を待っていた。

革の手甲と胸当てを身につけているが、紫蘭はいつもの妃として身につけている襦裙の装いのままだ。肩には領巾、耳元では小さな鈴の飾りが揺れている。

「ふん、なめられたものだな」

胸当てにぐっと手をかけ、剝ぎ取ろうとする宗貴妃を紫蘭は短く制止した。

「どうぞ、そのままで」

手を止めた宗貴妃が不敵な笑みを浮かべる。

宗貴妃は男でも扱うのは難しいと思える長い柄の先に刃がつけられた大仰な矛を手に、隙のない構えで紫蘭に向き合った。

紫蘭が手にするのは、もはや身体の一部ともいえる鉄扇だ。

相手に対し半身となってゆったりと構える。

「参る」

宗貴妃が素早く踏み込んで矛を突き出してきた。

紫蘭は矛を鉄扇で受け流し、その切っ先を逸らす。

「そうでなければな！」

再度宗貴妃が突きを繰り出してきたが、紫蘭はすばやく身を翻して躱した。

最初は力が入りすぎていたが、宗貴妃は次第にいつもの調子を取り戻してきたようで、自在に矛を振り回し、紫蘭の動きをとらえはじめてきた。

もし、あの矛でなぎ払われれば胴から真っ二つにされてしまう。

腕に自信があると豪語するだけあって、まこと宗貴妃は後宮に身を置くには惜しい武人だ。

だが、やはり英琳も言ったように『桔梗』の敵ではない。

振り下ろされた矛を素早く横に避け、さらに身を返し紫蘭はその刃の上に跳び乗った。

「なっ！」

誰でも驚き目を疑うだろう。

自分の構えた武器の上に敵が立っているのだ。

驚愕に宗貴妃の動きが強ばり止まった。

紫蘭は体重を感じさせない身のこなしで矛の切っ先から跳び上がると、宗貴妃の脇腹に鉄扇の一撃を叩き込んだ。

「ぐっ！」

呻いた宗貴妃がよろめいたが、矛を支えになんとか倒れ込まずに膝をついた。

「なぜ……」

「宗貴妃さまが磨いてこられた正統な武術と、わたくしの身につけた『桔梗』の戦い方は違うからです」

『桔梗』は長い年月をかけて女が最大限に力を発揮できるよう磨かれた技だ。だが、宗貴妃の戦い方は、男が男の腕力や体力があることを前提としたものだ。そこに大きな違いがある。

「く……っ」

宗貴妃が拳を握りしめ、悔しそうに地面を叩く。

「そのようにお嘆きになることはありません。宗貴妃さまは、武人で、わたくしは……影なのです」

暁国将軍が皇帝を庇って命を落とせば、英雄として祀られるだろう。だが、紫蘭が皇帝を庇って命を落としても、人知れず闇から闇に消えるだけだ。

名前すら残らない。

「……そこが違うのです」

「なんと……私は思い上がっていたのか……」

声にならない呻きが宗貴妃の喉の奥でくぐもり消えていく。

香貴妃と同じ……宗貴妃もこの後宮に入れられ、もがいている。

紫蘭もいまや同じだった。

勝負には勝ってもよろこびなどない。

後味が悪いだけだ。

「ご納得いただけたでしょうから、わたくしはこれで……」

「待て！」

鋭い声で呼び止められ、紫蘭は振り返った。

「そなたと陛下のこと……我ながら卑怯な脅しであった、すまない。決して他言はせぬとそなたの強さに誓う」
紫蘭はただ首を振り、黙ってその場を離れた。
謝られることではない。
紫蘭が身を滅ぼしかねない過ちをおかしたのは、紛れもない事実なのだから。
だが、それももう終わったのかもしれなかった。

紫蘭の育った里では、『桔梗』候補となる者は皆花の名前を持つ。
その意味がようやくわかった。
決して鮮(あざ)やかな花ではない桔梗。
これは目立ってはいけないとの戒め。
後宮という百花の中で埋もれるようにひっそりと咲く花となれ、という意味なのだ。

翠季宮に戻り、宗貴妃とのことは無事済んだ、と紫蘭は英琳に報告した。
「まあ、心配してなかったけど、片付いてよかったわね。手合わせで負けたとなったら宗貴妃さまの性格じゃ絶対にあなたが『桔梗』だって口外しないでしょうし、これで安心だわ」

英琳が労いの言葉をかけてくれたが、心は晴れなかった。

「あ、あと、そういえば、噂だけど、もうすぐ新しい妃が入宮してくるらしいわよ」

「え……」

冷水を浴びせられたような衝撃だった。

「異国の公主らしいわ。だから、皇后に据えろって要求してきて揉めてたみたい」

その問題にかかりきりで陛下のお渡りがなかったのだと英琳は聞き込んできていた。

「でも、皇后の座は許宰相が絶対に譲らないでしょ。でも、貴妃も、もう定員だし、公主を妃というわけにもいかないから……」

妃は紫蘭と同じ身分だ。

定員もない身分ということで、やはり貴妃からしても一段落ちる。

「それで、どうなるかというと、香貴妃さまがその身分を解かれるらしいわ」

「え、香貴妃さまが……」

「病を理由に、みたい」

心を病んでしまうほど、後宮から出ていきたいと願っていた香貴妃。

その願いがこんな形だが、叶うのだ。

「そうですか……でも、それは、よかったです、本当に」

香貴妃は、きっとまた美しい星空を見られる。

紫蘭は安堵したが、英琳は首を振った。

「ただ、後宮から出戻るってことは、不名誉なことよ。香貴妃さまは、生家の香家から冷遇されることになるかもしれないわ」

新たな縁談がくればいいが、それも難しいかもしれない、と英琳が言う。

「でも、香貴妃さまは、それでいいと思われるのではないでしょうか」

華やかな暮らしなど、香貴妃は望んでいないのだから。

そんな話をした二日後、香貴妃が翠季宮をたずねてきた。

すでに貴妃として着飾った姿ではなく、地味な装いだった。そして、今日、このまま後宮を去るという。

「蔡妃さま」

紫蘭は香貴妃に駆け寄った。

「香貴妃さま……」

少しやつれてはいるが、身に纏った雰囲気はとてもおだやかで、憑き物がとれたような顔をしている。

「お別れをね、言いに来たの」

「聞きました、後宮を出られると」

香貴妃はまだ少し顔色が悪く、やつれた様子だったが、その声は明るかった。

「ふふ、追い出されるのよ。みっともないわね」

紫蘭はそんなことはない、と何度も首を振った。

「あの夜のことはよくおぼえてないのだけど、あなたが錯乱した私を止めてくれたって聞いたわ」

「偶然、窓の外を見ていて、香貴妃さまのお姿が見えたので……」

そう言うと、香貴妃が微笑んだ。

「ああ、あなたは星を見ていたのね」

紫蘭は胸が痛んだ。

星を眺めていられれば、どんなにいいだろう。

「私もまた……満天の星を見ることができそうよ。あなたには二度も助けてもらったわね。ありがとう、蔡妃さま」

そっと香貴妃が紫蘭の手を握った。

その指先は、たおやかでいて力強かった。

「香貴妃さま……」

紫蘭は同じように力を込めてその手を握り返すことができなかった。香貴妃の強さに引け目を感じてしまったのだ。どんな武器を取って戦うことができても、自分は強くないと、感じた。

「お元気で……」

それだけ言うのが、紫蘭には精一杯だった。

香貴妃が去ってからというもの、後宮では新たな妃の話題でもちきりだった。

英琳も毎日せっせと情報を集めて回っている。

その英琳によると、新たな妃は、暁国の西方にある徐国の清河公主というらしい。

徐国は長い間、暁国と小競り合いを繰り返していて、ある時はさらに西方にある深国に侵攻されそうになって助力を求めてきたり、またある時は深国について暁国を陥れようとしたりと、信用のならない国だという。

それが、今度こそ友好を結ぶため、徐国国王の娘、清河公主を皇帝慶晶の後宮に、という話が持ちかけられてきたのだ。

そして、宮中での議論の結果、清河公主を後宮に受け入れることになったという。

「許宰相を慮ってこれまで后妃さま方を誰も夜伽に召されなかったけど、これが年頃の公主だとそうもいかないわ。陛下のお渡りがなければ、すぐに自分の父王に言いつけるわよ」

そんなことになったら大変なことになる、と言いつつ、英琳は楽しそうだ。

「後宮で清河公主を無視することはできないってことになるわね」

以前、いまの後宮は退屈だと言っていた英琳だ。

波乱の予感に対する期待が隠せないのだろう。

「陛下のこの後宮で、清河公主は、はじめて寵を受ける貴妃になるのだと思うわね」

皇帝である慶晶は、公主に夜伽を命じることは避けられない。

許宰相もこればかりは反対できないはず。

そうなれば、慶晶は清河公主と、夜を過ごすのだ……。

考えただけで胸が張り裂けそうだった。

だが、紫蘭はこの苦しみにひとり耐えるしかない。


そうして、あわただしくまとめられた清河公主の後宮入りは、あっという間だった。

「清河公主の嫁入り道具の行列はずいぶん長いみたい。先頭はもう宮城に着いているのだけど、公主を乗せた馬車はまだまだ列の後ろの方なんだそうよ」

すべての馬車が宮城の建龍門をくぐるまで、あと、二日くらいかかるという話らしい。

豪華な馬車が続くほど、人々の目を楽しませ、清河公主に対する期待が生まれているという。

清河公主が到着するまでの二日間、後宮はどこか落ち着かずそわそわした雰囲気に包まれていた。さらに、清河公主の到着に合わせて、朝礼を行うと、紫蘭のところにも知らせが来た。

「これまで皇后さまは朝礼なんて無視してたのにね、よっぽどだわ」

もちろん言いだしたのは皇后本人ではなく、周りの女官たちだろう。

そして、ようやく清河公主を乗せた馬車が、後宮の燕麗門に到着した。

だが、清河公主はなかなか馬車を降りてこないらしい。

「もったいつけてるわねえ」

英琳に引っ張られ、紫蘭も燕麗門の近くで清河公主の様子をうかがっていた。

豪華な馬車の扉がゆっくりと開き、女官に手を取られ清河公主が降りてきた。

「あれが清河公主？」

明るい栗色（くりいろ）の髪に牡丹（ぼたん）の花を髪飾りにして差している。透けるような白い肌に愛らしい顔立ち。

瞳は濃い翡翠色（ひすいいろ）で、まるで宝玉のようだ。

ほっそりとした首に、華奢な手足はなんとも可憐（かれん）で誰の目も引きつける。

「まあ……なんて美しい方なのかしら」

非の打ち所がない、と英琳がつぶやく。

一旦清河公主は与えられた蓉麗（ようれい）宮へ入り、旅の汚れを落とすらしい。

陰から覗いていた女官たちがざわざわとおしゃべりしながら自分の主人のもとへ散ってい

く。

「さあ、あたしたちも戻って支度をしましょう。朝礼まで時間がないから、急がなくっちゃ」

翠季宮へと急ぎながら英琳が言う。

「清河公主があんなに美しいんじゃ皇后さま付きの女官たちはまさに大あわてよね」

これまで他の妃嬪は許皇后の敵ではなかった。

取るに足らない、挨拶をする必要もない相手。

だが、あの公主ならば、皇帝の心を奪ってしまうかもしれない。

後宮の誰もがそう感じただろう。

紫蘭も例外ではなかった。

その考えをなるべく心から追い出し、支度をして月泉宮へ向かう。

すでに月泉宮の広間には、妃嬪たちが集まっていた。こうした場合、身分の低い者から集まり、身分の高い者は後から悠然とやってくるものらしい。

そして、堂々と宗貴妃が現れた。

ちらりと紫蘭を一瞥し、列に並ぶ。

宗貴妃の向かいに並ぶはずの香貴妃はもういない。そして、その位置に、清河公主が立つのだ。

しばらくしてようやく許皇后が現れ、ちょこんと椅子に座った。

「皆さま、わざわざご足労さまです」

まずは皇后付きの女官が妃嬪たちを労った。

紫蘭はこのような場ははじめてだった。

紫蘭が入宮した時は挨拶の場も設けられなかったからだ。

しばらくして、ゆったりとした足取りで清河公主が現れた。

花のような微笑みを浮かべ、周りの妃嬪たちに笑顔を振りまいている。そして、許皇后に膝をつき、深々と礼をした。

「はじめまして、許皇后さま。徐国の公主伯葉明でございます」

それほどかしこまるわけでもなく、あっけらかんと清河公主は挨拶した。

さすがの許皇后も眉をひそめる。

「遠路はるばる参ったようだな」

「はい、ですからもう房へ下がってもよろしいですか？」

周りの者たちがざわめき、皇后も呆気にとられてぽかんとしている。

「疲れておりますので今日のところは失礼いたします」

そう言って、清河公主は立ち上がりさっさと出ていってしまった。

集まった妃嬪たちは呆気にとられ、許皇后の後ろに控える女官たちは憤慨し、広間は騒然となった。

「皇后さま、華観宮に戻りましょう!」

女官が皇后をこんな場に置いておけないとばかりに退出をうながし、残された妃嬪たちは戸惑いながらもそろそろと広間を出ていくしかなかった。

閑散としてきた広間を出ようとした紫蘭に宗貴妃が目配せしてきた。かすかにうなずき、広間を出ていく宗貴妃をさりげなく追っていく。

宗貴妃は月泉宮の内院に着いたところで振り返った。

「呼び止めてすまぬな」

「いいえ。宗貴妃さま、あの後、お身体は大丈夫でしたか」

宗貴妃がにやりと笑う。

「大事ない。それは手加減したそなたがいちばんよくわかっているであろう?」

紫蘭に打ち据えられた脇腹を宗貴妃が撫でる。そして、ふいに真顔になって紫蘭を見た。

「それより、そなたこそ心配で、こうして呼び止めたというわけだ」

「心配? 心配していただくようなことは、なにも……」

紫蘭が俯いて答えると、宗貴妃がため息をついた。

「嘘を申すでない。こう見えて、私にも女心というものがあるのだぞ?」

「宗貴妃さま……」

「こたび、陛下が新しい妃を迎えることとなって、そなたのことを思うと不憫でな……」

哀れみを含んだ眼差しだった。

だが、紫蘭はそれを跳ね返すように言った。

「……おそらく、あの公主は偽物です」

宗貴妃が絶句する。

「な……なんと……徐国は、ついに刺客を送り込んできやったか」

以前から、徐国は、我が暁国につくか、西の深国につくか図っていたが、ついに腹を決めたのかもしれない、と宗貴妃は唸った。

「して、それは確かなのだろうな？」

「はい、あの足運びは訓練された者です。ああいった者は、はじめて足を踏み入れる場所の間合いを無意識に歩幅で計ってしまうのです」

暗殺者は、まったく知らない場所を嫌う。

身体に染みついた習性のようなものだと紫蘭は話した。

「それは、そなたもだからか？」

紫蘭はうなずく。

「ですが、わたくしは、人の目があるところではやらないように気をつけています。いつ誰が見ていて不審に思われるかわからないからです」

実際、清河公主の些細な習性が、紫蘭に見破られてしまったように。

「なるほどな……そなたの方が用心深いというわけか」

宗貴妃は腕を組んでしばらく考え込むようにして言った。

「これはあの清河公主を倒して終わりとなる話ではない。陛下にお知らせせねばなるまいよ」

「はい」

清河公主は暗殺者としてそれほどの手練れとは思えなかった。

実際、紫蘭の敵ではないだろう。

だが、あの美しい容姿、公主という身分、誰も偽物で暗殺者だとは思わない。よって一流の手練れを寄越す必要はなかったのだろう。後宮に入り込むことができれば、皇帝の寝首をかくことなど簡単だと考えているのだ。

それはまた、紫蘭のような護衛がいるとは悟られていない証拠だった。

「……できれば、陛下には宗貴妃さまがお気づきになったことにしてお伝えください」

そう言うと、宗貴妃がじっと紫蘭の顔を見つめた。

「それほどこじれておるのか、そなたと陛下の仲は」

「そんな、こじれるなんて……」

そもそもはじまりからして間違いなのだ。

皇帝慶晶にとって本当の妃ではない紫蘭は、取るに足らない、いつでも捨て置ける者だ。

だからこそ、紫蘭を求めた。

しがらみのない紫蘭は、慶晶にとってただ都合がよかったのだ。

なのに、ずっとそのことを考えないようにしていた。

紫蘭の弱さから。

「だが、あの公主が偽物とわかっても、それを証明できねばな。紫蘭が気づいた、と言っても徐国には通じまい。しっぽを出すまで待つしかないのか……」

「しばらく様子を見ましょう。なんにせよ、あの公主の企てはわたくしが阻止します」

宗貴妃に、このことを皇帝に伝えて欲しい、と言い残して紫蘭は翠季宮に戻った。


夜が明けて、紫蘭はひっそりと清音宮の内院に向かった。

「紫蘭か、早いな」

気配に気づいて矛を手にしていた宗貴妃が振り返った。

夜明けと共に日課である矛の鍛錬に励んでいるらしい。

「まずはひとつ手合わせを、と言いたいところだが、そなた、顔色が悪いぞ」

「朝の光のせいでしょう。大丈夫です」

宗貴妃はまだなにか言いたげだったが、なにを問うても紫蘭が答えそうにないと思ったのか、話を変えた。

「して、あの公主の様子はどうだった？」

「夜もずっと見張っていましたが、公主は一歩も宮殿を出ていません。日中も後宮内を出歩くこともなく、房で過ごしているようです」

日中の見張りは、夜通し公主を見張っている紫蘭を休ませるため英琳ががんばってくれている。彼女の話によると、宮殿の中庭にある四阿などには少し姿を見せたりもするが、ほとんど宮殿内で過ごしているらしい。

「つまり、どういうことだ？」

「暗殺者として後宮内の下見をしていないということです。以前申し上げましたが、暗殺者ははじめての場所を嫌います。標的に手を下すのならできる限りよく知った場所を好むのです。失敗はできませんから。つまり、暗殺を決行するのは、四季邸で、と考えているのでしょう」

四季邸ならばはじめて控えることになっても皇帝が渡ってくるまでに時間がある。その時間に房内を把握し、備えることは十分可能だ。

事前の下見は必要ない。

「ふむ、公主ともなれば、そもそも自分の足で気軽に出歩いたりせぬものだからな。特におかしくもない。人目について万一にも怪しまれることを避けているのは賢明だな」

立ち居振る舞いでなにか不審に思われないために用心しているのは十分ありえた。

「そうなると、やはり陛下とふたりきりでいる時、本性を現したところを押さえるしかないな」

だが、宗貴妃は腕を組んで考え込むように言った。

「ふたりきりとなれば、陛下に危険が及ぶか……」

「わたくしが陛下の身代わりになるというのはどうでしょうか。公主はまだ陛下に拝謁していませんから」

ふむ、と宗貴妃が紫蘭をしげしげと眺めた。

「いや、そなたでは華奢すぎる。陛下に比べて身長も足りぬし、男装したとておそらく男には見えぬぞ」

それに、と宗貴妃は続けた。

「陛下が公主の待つ房に入ってきた途端、手を下そうとするとは限らぬだろう。事が終わってから、というのも十分考えられ……ああ、すまぬな」

「いえ……」

謝られても困る。

「やはり陛下に危険が及ぶようなことは極力避けねばな。そうなると、やはり公主を捕らえて締め上げるしか……」

「証拠もないのに捕らえて吐かせようとしても、絶対に口は割らないでしょう」

それくらいなら死を選べと命じられているはずだ。

そして、公主が捕らえられ命を落としたとなれば、徐国にとっては、暁国へと攻め入る格好の口実になってしまう。

「うむ、そうだな……では、あらかじめ我々が邸のどこかにひそんでいる、というのはどうだ？」

紫蘭は首を振る。

「公主は邸でひとりになれば誰かひそんでいないかあらためるでしょう。そこで見つかってしまうおそれがあります」

見つかった場合、なぜ隠れていたか言い訳はできない。

公主は大騒ぎするだろう。

そうなれば、皇帝は公主の機嫌をとらねばならず、なんらかの譲歩を迫られるおそれがある。

「では、どうすれば……」

「わたしにひとつ考えがあります」

紫蘭は計画を宗貴妃に声をひそめて話した。

聞き終わった時、まじまじと顔を見返される。

「そんなことを……」

「他に手はないと思います」

きっぱりと言い切る紫蘭に、宗貴妃もそれしかないか、と黙り込む。

「ただ、陛下が納得してくださるかは……」

紫蘭の提案だからだ。だが、いらぬ心配だ、と宗貴妃が請け負う。

「では、私から陛下にご相談してみよう」

「お願いいたします」

さっそく万象殿へ使いを向かわせる、と宗貴妃は内院から清音宮へ戻っていった。


紫蘭の計画はこうだった。

公主の待つ西竹邸を皇帝慶晶が紫蘭を連れてたずねる。

そして、今宵は三人で楽しもう、と提案するのだ。

「まったく大胆なことを考えるものだな」

感心したように宗貴妃が言った。

「陛下がおひとりの時にしか公主が手を下さない、と考えるのが普通ですが、もうひとりいたとしても、それが非力な妃であれば、まとめて始末すればいいだけです」

しかも、それは暗殺者にとって造作もない。

ためらう者はいないはずだ。

「確かにな。だが、いいのか、そのもうひとりの役がそなたで。私でもいいのだぞ？」

さらに、もうひとり自分を加えてもいいのではないか、と宗貴妃が言う。

「三人を一度に始末するのは、さすがに公主もためらうかもしれません。それに、戦闘になって宗貴妃さまに万が一のことがあってはなりません」

しかも、宗貴妃は芝居ができそうではない。

「ふむ、私の体格では相手も警戒するかもしれないな。紫蘭は見ただけでは華奢でとても手練れの女兵には見えぬ」

『桔梗』に選ばれる時には、その体格も重要視される。

まず相手を油断させる見た目の方が有利だからだ。

「しかし、向こうがふたりきりでないと嫌だとつっぱねるかもしれぬぞ」

「どんな形であれ陛下が夜伽を命じたのに、公主が拒否したということになれば、非は公主にあります。陛下の不興を買うことはなにを置いても避けるはずです。お渡りがそれきりになってしまうおそれがあるとすれば、公主は応じる姿勢を見せるでしょう」

なるほどな、と宗貴妃が納得する。

「では、そなたと陛下が西竹邸に入ったところで私は入り口を固めよう、公主を逃がさぬようにな。なにかあったら加勢するぞ」

「もしもの時はお願いします。ですが、決して危険なことはなさらないでください」

話は終わったと思ったが、宗貴妃はまだなにか言いたげだった。

「これは、言うまでもないと思うが……」

「わかっております」

私情を挟むなと、宗貴妃は言いたいのだ。

紫蘭が慶晶への愛憎の果てに手を抜けば、公主は目的を達成するだろう。

最強の盾が、最悪の矛になってしまう。

『桔梗』を敵に回してはいけないとはこういうことだ。

そして、『桔梗』も恋心など、抱いてはいけなかった。

心を乱すことでしかないからだ。


日が暮れて夜が更けた。

ひとまず紫蘭はいつものように南水邸に入った。

ここに来るのは、あの香貴妃が乱心した夜以来だ。

香貴妃を抱き上げ去っていった慶晶の後ろ姿――。
何度後悔と共に甦ってきたかわからない光景がまた脳裏に浮かんでくる。
「……っ」
そのたび、断ち切らなくてはいけないと思っているのに……。
紫蘭はなんとか気持ちを切り替え、まずは湯浴み(ゆあ)みをし、支度をした。
これまでとは違い、念入りに化粧を施し、髪を結い上げ鏡を見る。
慶晶と顔を合わせるのも、あの夜以来だった。
一体、どんな反応をされるのか……考えただけでおそろしくて身体がすくむ。
紫蘭の顔など、もう二度と見たくないと、思われているかもしれない。
だが、慶晶は紫蘭の作戦に異を唱えなかった。
いっそ、心など凍りついてしまえばいいのにとあれから何度願ったことか……。
用意が整ってからしばらくして足音が聞こえてきた。
紫蘭は鉄扇を掴んだ。手になじんだ重みが、自分が『桔梗』だと思い出させてくれる。
覚悟を決めた。
『桔梗』としての務めを果たす。
それだけだ。
いつものように部屋に入ってきた慶晶は、かすかに複雑そうな顔をしていた。

「紫蘭……」

なにか言おうとした言葉を無礼と承知しながら遮る。

「どうか……なにもおっしゃらないでください。大事の前ですので」

心を乱すことは絶対にできない。

慶晶は望み通り、それ以上なにも言わなかった。

「では、参りましょう」


「な……っ」

案の定、清河公主は絶句している。

「こ、これは、どういう……今宵は、私の初夜ですのに……!」

清河公主はいそいそと出迎えにきて、その慶晶がもうひとり女を連れてきたことに目を丸くした。

「そんなに驚くことはあるまい。この後宮では特に珍しいことではないぞ」

妃嬪の数が少なすぎるくらいだ、と慶晶が言う。

「少ない?」

紫蘭が言葉を挟んだ。

「ええ、普段はもっと大勢で楽しみますわ。今宵も自分も連れていって欲しい、という妃嬪が何人もいて、あきらめさせるのが大変でしたの。皆、美しい清河公主さまとお近づきになりたいと……」

「皆が……？」

まさか、と公主が怯えたように紫蘭を見る。

「皆、清河公主さまと早く寝所を共にしたいと願っていますわ」

「え……あ……な、なんてこと……」

怯えた様子で公主が後退ろうとした。

「清河公主さまもこの後宮に入った以上、慣れなくては」

紫蘭は慶晶から離れ、公主に身体をすり寄せその腰に手をやった。

鼻先で公主の首筋に触れ、腰をあやしく撫でながら囁く。

「……すぐ慣れて、たったの三人では物足りなくなりますわ」

「ちょ……っ」

公主が紫蘭を突き放した。

頼りなくよろけた紫蘭の身体を慶晶が受け止める。

「まあ、驚いた。どうなさったのです？」

「な、なにを……」

わななく公主を不思議そうに見て紫蘭は首を傾げる。

「清河公主さまをよろこばせるのは、なにも陛下だけではありませんのよ?」

うふふ、と紫蘭が微笑む。

「ふむ、公主はまったく乗り気ではないようだな」

慶晶が眉を寄せるのを見て、公主がはっとする。だが、公主より先に紫蘭が慶晶に身体を寄せ取りなした。

「お待ちください、陛下。清河公主さまが驚かれるのも無理はありませんわ。わたくしもはじめはまさか、と思いましたもの」

「そうだったか?」

はじめからなにもためらわずに物怖じしなかっただろう、と揶揄(やゆ)され、紫蘭は恥ずかしそうに身体をくねらせた。

「まあ、酷いですわ!」

慶晶に身体を引き寄せられ、紫蘭はされるがままに胸を押しつける。

「でしたら、清河公主さまは興が乗るまでそこでご覧になっていたらいかがです?」

「ど、どういう……」

うろたえる公主を横目に紫蘭は慶晶の首に手を回し、引き寄せた。

「こういうことですわ」

そのまま慶晶に深くくちづけ濃厚に舌を絡める。

「ん……」

慶晶も紫蘭の身体を抱き寄せ、さっそく薄衣を剝ぎ取ろうとしている。

「ふふ、まずはそちらでじっくりご覧になっていて……」

上気させた頰で公主を横目で見た紫蘭は、牀搨に慶晶と倒れ込み、そのまま重なり合う。

「ふたりきりなんてつまらないですわよね、やっぱり誰かに見られていないと……あ……んっ」

見せつけるように絡み合う慶晶と紫蘭を、公主は立ち尽くしたまま見ている。

しばらくして、公主がおずおずと近づいてきた。

「見ていたら、やっぱりわたくしも……」

公主の気配にようやく気づいたように、慶晶が身体を起こす。

「そうであろう？　ふたりともかわいがってやるゆえ、こちらへ来よ」

慶晶にしなだれかかろうとした公主の腕を紫蘭が素早く摑んだ。

「なっ！」

公主の手には鋭い小刀が光っていた。

「……正体を現したな」

慶晶の冷静な態度に公主が目を剝く。

「まさか……芝居……だったとは」

紫蘭が腕をひねると偽公主は小刀を落とす。

渾身の力で紫蘭の腕を振り払った偽公主が飛びすさって距離をとった。

慶晶の前に、はだけた薄衣もそのままに紫蘭が立ちはだかる。

「あなたが本物の公主ではないことはとっくにわかっていた」

さり気なく牀榻に置いておいた鉄扇を手に紫蘭は身構えた。

「観念しろ。どれほどの刺客か知らぬが、この紫蘭には敵わぬぞ」

慶晶が言い放つと、頬を引きつらせ偽公主が紫蘭を睨みつける。

「よくも……邪魔を……」

逃げるように見せかけて、偽公主は慶晶に狙いを定めようとしている。

「紫蘭！　気をつけよ」

「逃げようとしても無駄です。お下がりください、陛下」

その時、騒ぎを合図ととった宗貴妃が矛を手に房に踏み込んできた。

「陛下、ご無事か！」

偽公主がまさかといった様子で振り返る。

目の前には紫蘭が、背後の出口には宗貴妃が立ち塞がるのを見て、偽公主が窓から飛び出した。

「おのれ、待ちや！」

追いかけようと窓枠に手をかけた宗貴妃を紫蘭は止める。

「わたしが！」

代わりに紫蘭が窓を飛び越え偽公主を追った。

偽公主は四季邸の庭を駆け抜け、さらに月泉宮の庭から屋根に跳び上がった。その身のこなしだけは目を見張るものがある。

月泉宮はいちばん大きな宮殿で、屋根からなら後宮を囲む塀にも飛び移れる場所だ。

だが、紫蘭も素早く後を追い、月泉宮の屋根に跳び乗った。

気配を察し、ぎくりとした様子で偽公主が身構えて振り返る。

「まさか無事に逃げられるなんて思っていないでしょう？」

紫蘭の言葉に偽公主の顔が醜く歪む。

「く……っ！」

袖の中に隠し持っていた小刀を投げてきたが、紫蘭はすべて鉄扇で打ち落とした。足下で金属が跳ね返る乾いた音が響く。

ゆっくりと紫蘭が間合いを詰めると、公主は小刀を手にじりじりと後退る。

「寄るな！」

「あきらめて降りなさい。こうなっては徐国はあなたを守らない」

もう戦う理由はない、と紫蘭は言った。

「だったら降れば、私を助けてくれるわけ？　皇帝の命を狙ったのに？」

「それはわたしが決めることではない。けれど、できる限り助命の口添えはする」

偽公主はしばらく考え込むように黙った。

「……ここで生き延びても、追っ手がかかる。私たちの掟はそういうもの。知っているでしょう？」

紫蘭は答えなかった。

「だから、皇帝暗殺は失敗したけど、それを挽回すればまだ希望はある」

「希望？」

どんな希望があるというのだ。

「おまえほどの手練れの首級を取れば、この失敗も許されるかも。次に送り込まれる刺客のためにもなるしね」

「やってみればいい」

一歩紫蘭が間合いを詰めると、偽公主も一歩下がる。

そうして張り詰めた糸をお互いが引き合うように隙をうかがっていた時だった。

「あっ！」

突然偽公主がよろめいた。

屋根の崩れた瓦に気づかず足を取られたのだ。

勝機と紫蘭は一気に間合いを詰めた。

だが、偽公主もすかさず体勢を立て直し、屋根から飛び降りる。紫蘭はその背に鉄扇で追い打ちをかけた。闇を切り裂くように鉄扇が回転しながら飛び、偽公主に命中した。

空中で背に鉄扇を受けた偽公主は着地できずにそのまま地面に激突する。

「ぐ……う……」

なんとか立ち上がろうともがく偽公主の横に紫蘭は降り立った。

「……下見は念入りにするべきだったのに」

そして、屈み込んでその顔を見る。

追い詰められた公主が顔を歪ませたところに、紫蘭は素早く手を伸ばしその頬を摑んだ。

「ぐぅ……っ」

偽公主が目を剝いて紫蘭を見る。

「……自害などさせない」

やはりこういった時には、証拠を残さないよう死を選ぶことになっているのだ。

「う……う……」

偽公主は首を振ってなんとか手を振りほどこうとするが、紫蘭は帯で素早く猿ぐつわを嚙ませてその身体を縛り上げた。

「あなたは大事な証人ですから」

　奥歯に仕込んだ毒物は、後で侍医に取り除いてもらえばいい。偽公主は観念したのか、はたまた屋根から落ちた衝撃か、ぐったりしている。

「紫蘭！」

　傍に落ちていた鉄扇を拾い、立ち上がったところに宗貴妃が駆けつけてきた。

「捕らえたか」

「はい」

　紫蘭の足下に横たわる偽公主を宗貴妃が見下ろす。

「ようやった。そなたは無事か？」

　紫蘭は無事だと短く答えた。

「宗貴妃さま、私は宮中警備兵を呼んできます」

「そなたが？」

　紫蘭は警備兵に兄がいることを話した。兄なら事情をすぐのみ込んで動いてくれると言うと、宗貴妃がうなずく。

「わかった。では、それまでこの者は私が見張っていよう」

「お願いします。きつく縛り上げていますから、大丈夫だとは思いますが、お気をつけて。決して触れたりなさいませんよう……」

　踵を返した紫蘭を宗貴妃が呼び止めた。

「紫蘭、陛下がそなたの身を案じておられたぞ」

「……もったいないことです」

それだけ言って紫蘭はその場を離れた。

ひとりで月泉宮の庭を抜けていくうちに、身体の奥から押さえきれない慟哭がこみ上げてきた。

「……っ」

足を止め、天を仰いだ。

涙が止めどなく流れて頬を濡らす。

あたりをはばからず声を上げて泣きたかった。

慶晶に触れられた感触がまだ肌に残っている。

いますぐ傍の冷たい池に飛び込んで洗い流してしまいたい、すべてを。

行き場のない想いが紫蘭を苛む。

涙が乾いていくと、仰いだ天に星が瞬いているのが見えた。


そうして紫蘭は兄の承順のもとへ行き、偽公主は警備兵に引き渡された。

さらに、宗貴妃が警備兵を引き連れ蓉麗宮に踏み込み、偽公主の連れてきた女官たちも一斉に捕縛し、深夜の後宮は騒然とした。

偽公主およびその女官たちも、皇帝を暗殺しようとした咎(とが)で詮議にかけられるという。そして、これが徐国の差し向けた刺客だとなれば、皇帝は軍を動かすだろうと紫蘭は宗貴妃から聞いた。

長かった夜が明け、紫蘭は疲れた身体を引きずるようにして翠季宮へと戻った。

「紫蘭、お帰りなさい」

「英琳……」

ぼんやりと立ち尽くしている紫蘭の肩を英琳が抱き寄せた。

「さあ、休むといいわ」

抜け殻のようにぼんやりする紫蘭を、英琳はなにも言わずに休ませてくれた。

紫蘭は泥のように眠り、そしてまた夜が明けた。


徐国に報復すべく、軍が招集されていると英琳が話していた通り、そのことで忙しいのだろう、皇帝は後宮に渡ってくることはなかった。

後宮では、清河公主は一体どうして暗殺者と見破られたのかと、女官たちの噂になっていたが、誰も答えは知らなかった。

後宮で知っているのは、紫蘭と英琳の他には宗貴妃だけだが、彼女はおしゃべりなどしないからだ。

英琳もこのことには口をつぐんでいるようだ。

そのため鬱憤が溜まっているのか、最近よく菓子を食べている。

紫蘭が菓子をすすめられて、手にしたままぼんやりしていると、声が聞こえた。

「紫蘭！　紫蘭！」

大声で呼ばわりながら宗貴妃が翠季宮にやってきた。

あわてて出迎えた英琳のことも眼中にないようで、ずかずかと紫蘭の房まで入ってくる。

「どうなさいました？」

なにがあったのかと、椅子から立ち上がった紫蘭を宗貴妃がいきなり抱きしめた。

「そ、宗貴妃さま？」

絞め殺すつもりかと思うほど、宗貴妃の抱擁は力が込められている。

「紫蘭、あの偽公主が、ようやく徐国の刺客だと吐いたのだ。それによって、私は……陛下に武勲を認められた」

「え……」

驚く紫蘭の顔を確かめるように宗貴妃が身体を離した。

「この武勲は、本来そなたが受けるべきものだとは、重々承知している」

「宗貴妃さま……でも、以前も申し上げましたが、わたくしは……」

「わかっておる。そなたが武勲を欲しがるような者ではないと。だから、手柄を横取りするようだが、私は甘んじて受ける。卑しいと思うか？」

紫蘭はゆっくりと首を振った。

「宗貴妃さまがいてくださらなければ、わたくしひとりではしくじっていたでしょう」

「そんなことはあるまい。だが、そなたは、まことにやさしい女子だな……」

宗貴妃の眦に光るものがあった。

「私は、陛下の命で、徐国への侵攻軍に同行できることになった。まだ一軍を率いる将とはいかぬが、今度こそまことの武勲を上げてみせる」

「宗貴妃さま……」

紫蘭は胸がいっぱいになった。

自分のことのようにうれしさがこみ上げてくる。

「正直、そなたも一緒に連れていければと思う。まさに一騎当千のそなたがいればこれほど心強いことはないからな」

思ってもみなかった宗貴妃の言葉に心が揺れた。

宗貴妃は将来必ず武人として名を上げるだろう。

この身をかけて仕えるに足る主人かもしれない。

それに、戦場であればこれまで磨いてきた腕も存分に振るえる。

「……わたくしでよければお連れいただいた方がいいのかもしれません。ここにいても、もう……」

言い終わる前に宗貴妃の手が肩に置かれた。

「なにを申す。戯言を真に受けるな」

宗貴妃が声を上げて笑ったかと思うと、すぐに真顔になって言った。

「紫蘭、この後宮で、そなたにしかできぬことがある」

「そんなことが……」

もうあるとは思えない。

うなだれる紫蘭に宗貴妃が告げた。

「さっそくこの後宮を出て、軍に合流する」

「もうすぐに？」

そうだ、と宗貴妃が言う。

「あわただしいがな」

「そうですか……寂しくなります」

もう一度宗貴妃が紫蘭を抱きしめた。

「私もだ。そなたほど信頼に足る者はおらぬ」

「……もったいないお言葉です……どうか、ご武運を」

準備があるから、と宗貴妃は颯爽と房を後にした。

意気揚々とした宗貴妃は希望に満ち溢れていて、紫蘭にはまぶしいほどだった。

こうして鳥が大空に羽ばたくように宗貴妃は後宮を出ていったのだった。


「宗貴妃も後宮を出ていくとはな」

許皇后が頬杖をついて言った。

「わらわは全然寂しくはないが、紫蘭はずいぶんと親しくしていたのではないか？」

「はい。とてもよくしてくださっていましたので、寂しいばかりです」

しばらく許皇后が紫蘭の顔を見つめてため息をつく。

「紫蘭の顔がどうかしましたか？」

「なあ、紫蘭……そなたはどこにも行かぬであろう？　ずっとここにいるな？」

ふと笑みが零れた。

「はい、皇后さま。もちろんです」

任を解かれなければ……紫蘭はどこへ行くこともできない。

ふと暗い思いに囚われそうになったが、足下になにかが触れて紫蘭は我に返った。

見ると、小龍が紫蘭の膝に前足をかけてしっぽを振っている。

「遊んで欲しいのですね」

小龍が目を輝かせ、ぴょんぴょんと跳ねた。

ひとしきり遊んだ後、四阿でお茶を飲んでいると、思い出したように許皇后が口を開いた。

「そういえば、紫蘭に頼みがあるのじゃ」

「なんでございましょう？　紫蘭にできることでしたら、なんなりと」

「実はな……」

少し言いにくそうに許皇后が話しはじめた。

「わらわのお母さまはご病気でな、長く患っておいでなのだ。ここ最近もあまり思わしくないようで……」

「それはご心配でしょう」

心細そうな顔をして許皇后が続ける。

「だからな、陛下にお許しをもらって道観へ参って祈禱を頼むことにしたのだが、その、そなたも供として着いてきてはくれぬか？」

「はい、わたくしでよければ」

すぐにうなずくと許皇后の表情がぱっと輝いた。

実は女官たちに、妃である紫蘭に供を頼むのは失礼ではないかと、さすがに諫められたという。

「わたくしはなにも気にいたしません。お誘いいただいてうれしゅうございます」

「そうか、来てくれるか。紫蘭がいればなにかと心強い。そなたは本当に頼りがいがあるかな」

「買いかぶりすぎでございますよ、皇后さま」

明日にでも出かけたい、という許皇后に紫蘭は快く請け負った。

「よいか？」

「はい。お供いたします」

ほんの一時後宮を離れられるのは、紫蘭にとってもありがたかった。

少しでも気が紛れるかもしれないと思ったのだ。

紫蘭は翠季宮へ戻り、許皇后の供で道観へ参ることを話した。

「へえ、道観に。いいわねえ、私も行ってみたいわ」

「皇后さまに頼んでみましょうか？」

英琳も一緒なら楽しいだろう。

「やだ、紫蘭がいない時、後宮を見張るのは私の役目だもの。一緒には行けないわよ」

お土産（みやげ）を期待してるわ、と英琳が言う。

「……でも、ちゃんと帰ってきてよ？」

「え？」

よく聞こえなかった紫蘭がききかえすと、英琳がなんでもない、と笑った。

翌朝、英琳に後宮の警備のことを任せ、紫蘭は燕麗門へと向かった。

滅多にあることではないが、皇后が後宮から出かけるとなれば何台もの馬車と先導の騎兵が長い列をなすものらしい。だが、見る限り、馬車は二台しかないようだ。

「今日はお忍びにした方がいいと女官が申すのでな」

その方が余計な時間もかからなくていい、ということだった。

皇后が乗る馬車が一台、もう一台は女官が乗り、あとは護衛の騎馬兵が周りを囲むことになっているらしい。

女官用の馬車といっても、皇后の馬車に連なるものだからか、豪華なものだ。

黒檀の踏み台に足を置いた許皇后が振り返った。

「紫蘭もこちらへ」

「わたくしもですか？」

「なにを驚く」

ついそんな身分ではない、と思ってしまいためらったが、皇后付きの女官にうながされて紫蘭も馬車に乗り込んだ。

「さあ、出発じゃ」

許皇后の号令に、馬車がゆっくりと動き出した。

しばらくはしゃいでいたが、やがて疲れたのか馬車に揺られながら、許皇后はぽつぽつと自分の話をした。

「お母さまとはずっと離れて暮らしておったのじゃ。お祖母さまがわらわを育ててくださったのだが、未来の皇后になるのだと、ずっと言われてきた」

そうして、一年前皇后として後宮に入ったという。

「後宮のことなどなにも知らなかった。でも、陛下はとてもおやさしい方で安心した。兄上がいらしたら、こんな方なのかと思う。紫蘭には、きょうだいがおるのか？」

「はい、兄がひとりおります」

「おやさしい方か？」

紫蘭はうなずいた。

高官の遠縁であることになっている紫蘭が、兄の素性を詳しく話すわけにはいかず、少し胸が痛む。

宮中警備の役人である兄は、とても立派で紫蘭の自慢だ。

そう素直に話せればいいのに……。

「お兄さまとは皆やさしいものなのか？　わらわもお兄さまがいればよかった。陛下ははじめてお目にかかった時、ご自分のことをお兄さまだと思われよ、とおっしゃってくださったが、皆は、わらわの夫なのだと申す」

良家の令嬢であれば、まだ年若いうちに嫁ぐことも珍しくないと聞いたことがあるが、それでも許皇后は嫁ぐには早すぎて、戸惑うことが多いのかもしれない。

「紫蘭も陛下の妃なのであろう？」

「そうですが、わたくしは皇后さまとは違います」

「なにが違うのだ？」

なんと答えていいかわからず紫蘭は言葉に詰まった。まさか、あなた以外は全員側室だとこんな幼い皇后に言うのもはばかられる。

言葉を探してつい黙り込んでいると、許皇后がぽつりと言った。

「紫蘭。そなた、ここのところずっと元気がないな」

「え……」

ぎくりとした。

まさか許皇后にそんなことを指摘されると思わなかったのだ。

「そう見えますか？」

「もともとなにを考えてるかわからぬところはあったが……最近はずっとぼんやりしている」

無邪気な子どもだと思っていても、許皇后は周りをよく見ているのだ。

「陛下のお渡りがないからか？」

紫蘭は息をのんだが、許皇后はよく意味がわかっていないようだ。

「女官たちが、妃嬪がしょんぼりしているのは、大抵陛下のお渡りがないことを悩んでいるのだと言っていたぞ？　だから、わらわから陛下に頼んでやろうぞ。他ならぬ紫蘭のためじゃ」

「皇后さま……」

紫蘭はこみ上げてきた涙をなんとか堪えた。

「ありがとうございます……紫蘭はしあわせです」

おかげで元気が出た、と言うと許皇后はうれしそうに無邪気に笑った。


ようやく馬車が止まり、目的の道観のある山の麓に着いた。

目当ての廟は道観のある山頂に行く途中、山の中腹にあるらしく、そこまでは石段を登っていかなくてはならないらしい。

見上げるほど続く石段に、許皇后は息をのんでいる。

「大丈夫でございますか？」

後宮ではあまり身体を使って遊ぶこともない許皇后にはいささか心配な距離だった。

「輿を用意してもらった方がよろしいのではありませんか？」

石段の長さを見て、許皇后はさすがに怯んだようだったが、

「大丈夫だ。それに、自分で登らないといけないだろう？　お願いに行くのだからな」

その代わり手を繋いでくれ、と紫蘭に手を差し出してきた。

いじらしい姿に微笑ましくなる。

紫蘭は許皇后の手をしっかりと握った。

「はい、もしお疲れになったら紫蘭が背負ってさしあげます」

「甘やかしてはいかんぞ、紫蘭」

そうして、途中で休憩したり、景色を眺めたりと時間はかかったものの、なんとか許皇后は石段を登りきった。

「よくがんばられましたね」

「そ、そなた……息も切れておらぬとは……どういう……」

許皇后は肩で息をしている。

供物を手についてきた女官たちもぐったりしていた。

それが落ち着くまで待って、紫蘭は許皇后と廟へ参った。

女神が祀（まつ）られている廟は思ったよりも質素なもので、いまは他に人もおらずひっそりとしていた。

岩を彫って造られた廟の中に、女神の像が祀られていて、その周りには人々が供えた野菜

や果物が溢れていた。話に聞いた通り、多くの信心を集めているようだ。

肝心の女神の像は素朴ながら美しかった。

「なんと……お母さまのようだ」

しばらく目を奪われたように許皇后は女神像を見つめていた。

「紫蘭、そなたなにか願いはないのかえ？」

「わたくし、ですか？」

そんなことをきかれると思っていなかったので少し驚いた。

「そなたが欲のないおなごなのはわかっておるが、なにかあるであろう？」

「わたくしの願いは……」

なにもない。

望むものは、もうなにも。

だが、紫蘭はそんなことはおくびにも出さず言った。

「そうですね、龍の髭飴が食べたい、でしょうか……」

一瞬目を見開いた許皇后がすぐにくすっと笑う。

「まったく、そなたは本当に欲がない。龍髭糖はわらわも好きじゃ。そうだな、後宮に戻る前に求めて帰り、ふたりで食べようぞ」

紫蘭は微笑んだ。

「はい、うれしゅうございます」

紫蘭は心から許皇后の母君の病気がよくなるよう願った。

まだ幼く孤独な皇后のために。


山を下り、また馬車に乗って帰路につくと、許皇后はすぐに眠ってしまった。

帰りはもうひとり馬車に女官が同乗し、許皇后を抱きかかえている。

彼女は許皇后を寝かしつけるための女官らしい。

許皇后が眠っている間、紫蘭はずっと窓から景色を見ていた。

そうして禁城が近づいてくると紫蘭は落ち着かなくなった。

このまま後宮へ戻らなくてはならないと思うと、逃げ出したくなる。

そんなことは、できないのに。

ため息をついた時、急に大きく揺れて馬車が止まった。

「ん……なんじゃ?」

許皇后が起き上がり、目を擦りながら紫蘭を見る。

「もしかして、轍(わだち)に車輪がはまってしまったのでしょうか」

「まあ、私がきいてきます」

同乗していた女官が馬車を降りようとしたところ、怒号が聞こえ、また馬車が動きだした。

「え？」

今度はずいぶん乱暴に馬車が走っている。

「な、なんだ？　どうしたのじゃ！」

許皇后がしがみついてくるのを紫蘭は抱き寄せた。

そうして窓から後方を見ると、護衛の騎馬兵が何者かと応戦しているのが見えた。

さらに、道に放り出されて倒れている御者の姿も。

「これは……」

御者台に座り、馬車を走らせているのは何者かわからないが、豪華な馬車に乗っている許皇后を、どこかの裕福な商家の娘と思って攫おうとしているのかもしれない。

だとすれば、野盗の類いだろうし、その場合おそれる必要はそれほどない。

紫蘭ひとりならば、御者台の狼藉者を倒すことはできるだろうが、その場合馬車が制御できなくなり横転するかもしれない。そうなると皇后の身に危険が及ぶ。

「とにかくこの馬車は馬が引いている限りいつか止まるでしょう。それまで落ち着いて待ってください」

許皇后を抱きしめた女官が青ざめた顔で何度もうなずく。

そうして紫蘭の言う通り、しばらくして馬車が止まった。

窓から外を覗くと、道から外れた竹林の中だった。

「ここで待っていてください」

紫蘭はそっと馬車の扉を開け、様子をうかがった。

御者台はもぬけの殻だが、あたりには複数の敵の気配がする。

すでに囲まれているようだ。

このまま馬車に立て籠もっていても、逃げられない。

危険だが、紫蘭は女官と許皇后を馬車から降ろした。

護衛の騎馬兵とははぐれてしまったが、彼らも許皇后のために寄越された精鋭だ。少し時間を稼げばここに辿り着くかもしれない。

そんな希望を打ち砕くように、竹林から、顔を覆面で隠した男たちがぞろぞろと出てきた。

思ったより数が多い。

許皇后を背中に庇いながら紫蘭はじりじりと後退った。

「し、紫蘭……」

許皇后がぎゅっと裾を握りしめてきて、その小さな身体が震えていることが伝わってきた。

安心させるようにできる限りおだやかな声で言う。

「大丈夫です。この紫蘭にお任せください」

紫蘭は肌身離さず持っている鉄扇の留め金を外し、ひとつの鉄扇を分けてふたつにした。

複数の敵と対峙する時のための仕掛けだが、実戦で使うのははじめてだった。

紫蘭は両手に鉄扇を構え賊たちを睨み据えた。

この身にかえても許皇后は傷ひとつなく後宮に帰さなくてはならない。

皇帝慶晶のために。

「皇后さまを……私が賊を引きつけます。隙を見て逃げてください」

女官に小声で伝える。

「は、はい……」

震えながらも女官は許皇后を紫蘭から引き剝がし庇うように抱え上げた。

「し、紫蘭……っ」

許皇后が手を伸ばしてきたが、女官が押さえ、紫蘭は視線だけで応えた。

そうしていると、賊のひとりがゆっくりと近づいてきた。

槍を手にしているが、構えていない。

「そこの小娘をこっちに渡しな。そうすれば、おまえたちは命まで取らねえよ」

まあ、ただでは帰さねえけどな、と賊は下卑た笑いを漏らす。

「さあ、言う通りにしな」

「断る」

聞き間違ったと思ったのか、間があった。

「なんだと？」

「断ると言った。そちらこそ命が惜しければ立ち去るがいい」

逆上したように賊が槍を突き出してきたが、紫蘭は軽く受け流し、鉄扇を振りかぶった。

「ぐあっ！」

槍を握る腕の骨が砕ける鈍い音がした。

あわてて賊たちが襲いかかってくるが、紫蘭はそれを次々と倒しながら違和感をおぼえていた。

無法者なら、大抵獲物の武器は扱いやすい剣を使うはず。

なのに、この者たちはわざわざ槍を使っている。

ただの野盗ではないのかもしれない。

目の前にいるのは、許皇后を狙った暗殺者たちだと考えた方がいい。

やはり、絶大な権力を持つ許宰相を快く思わない者がいるのだ。

以前、英琳がそのようなことを言っていた。

許皇后が、皇帝慶晶との間にお子をもうければ、許宰相の権力は盤石のものとなる。

今のうちに許宰相の力を削ごうという者が現れてもおかしくないのだ。

万象殿の燭台も、あれは皇帝ではなく、許宰相を狙ったものだったのかもしれない。

そうしてあらかた賊を倒した、と思った時だった。

「紫蘭！」

悲鳴にはっとして目をやると、どこにひそんでいたのか、もうひとりの賊が槍を皇后目がけて突き出そうとしていた。

紫蘭はほんの少しも躊躇(ちゅうちょ)せず、賊と許皇后との間に立ち塞がり、槍の攻撃を己の身体で受け止めた。

「……っ！」

一歩でも引けば許皇后に刃の先が届いてしまう。

そんなことはさせない。

紫蘭は必死に踏みとどまった。

口の中にじわりと鉄の味が広がる。

槍の穂先を身体で受け止めたまま、槍を右手で握りしめた。

最後の力を振り絞り、鉄扇で振り払うと男の顎が砕ける音と絶叫が聞こえた。

どこからこんな力がわいてきたのか自分でもわからなかった。

男が呻きながら倒れると、紫蘭も支えを失い膝をついた。

紫蘭の脇腹に深々と刺さった槍の柄から、鮮血が伝い落ちていく。

「紫蘭！」

許皇后が泣きながら駆けつけてきて紫蘭の身体を支える。

「……皇后さま……お怪我は……」

「な、ないぞ、そなたのおかげじゃ」

許皇后を守りきることができた、と思った途端、全身に力が入らなくなり紫蘭は膝から崩れ落ちた。

「紫蘭！」

悲鳴のように許皇后が叫ぶ。

なだめたいが、身体が動かない。脇腹のあたりが燃え尽きてしまいそうなほど熱くて気が遠くなる。

「だめじゃ、紫蘭！　わらわの許しなく目を閉じてはならぬ！」

「はい……」

なんとか瞼（まぶた）が下りないよう最後の力を振り絞り許皇后を見ると、泣きじゃくっていて、その姿が里を飛び出した時の幼い頃の自分と重なった。

「皇后さま……」

そんなに泣かないで。

いまは悲しくても、きっといいことがある。

紫蘭にとって、それは幼い時の皇帝慶晶との出会いだった。

おかげで後宮に入り、貴重な出会いがあった。

こうして許皇后とも親しくなって楽しい時を過ごした。

あの時の幼い紫蘭からすれば、夢のような話だ。

「……っ」

そう伝えたくてももう声が出ない。

命が尽きるのを紫蘭は感じた。


冥府が呼んでいる。


「がんばらないとだめよ……紫蘭……」

英琳？

闇の中、英琳の声が聞こえたが、何度返事をしても応えはない。

英琳を探していると、手足の力が戻ってきて次第に闇の中で歩いているような感覚になる。

「紫蘭」

暗闇に光が溢れ、その中にぼんやりと慶晶の顔が浮かぶ。

「……陛下」

ああ、自分は死んだのだと紫蘭は思った。

死んでしまったから、望んだままのことがなんでも叶うのだ。

こうして、慶晶が傍にいてくれる。

だったら、一度も会ったことのない母にも会えるのかな、とぼんやり考えた。

悲しくはなかった。

いままで背負っていた重荷から解放されたようで、心が軽く、身体の重みも感じない。

「死んだら……こうしてずっと陛下のお傍にいられるのですね……」

紫蘭は微笑んだ。

その方がいい。

紫蘭に、「いつか」はないのだから。

しあわせだとすら感じる。

「紫蘭……そなた……」

慶晶が紫蘭の手を取った。

あたたかい。

死んでもあたたかさを感じることができるのだ、と不思議だった。もっと冷たいところへ行くのかと思っていたのだ。

「陛下……」

紫蘭の手はいつまでも冷たく、このままでは慶晶の手も冷えきってしまう。

「お手が……冷えてしまいます……」

離して欲しい、と紫蘭が手を引こうとすると、さらに強く握りしめられた。

「だめだ……もう離さない」

「え……？」

その時、見たことのない老人が房に入ってきた。

見事な髭と髪はすでに真っ白だが、堂々たる体軀と鋭い眼光の油断ならない人物だ。

老人は、深刻そうな表情で立ち尽くしている。

「許宰相、いまは遠慮してくれ。話なら私からもある。とにかく後で……」

「いえ、そこな『桔梗』にもぜひ聞いてもらいたいのです」

許宰相というと、許皇后の祖父だ。

「お許しください、陛下」

突然、許宰相が床に平伏した。

「どうした、許宰相……」

さすがにただごとではないと慶晶も感じたのか、紫蘭の手を置いて立ち上がった。

「話はすべて皇后さまから聞きました。私は、己が恥ずかしくなり……」

そこで許宰相は言葉を詰まらせた。

「『桔梗』の己を顧みぬ献身……その心を私はいつから忘れてしまったのか」

「許宰相……」

「私は、若い頃から国のためにと尽くしてまいりました。これは嘘偽りのない私の本心です。ですが、いつしか慢心に囚われ、己が権力を振りかざし、我が孫を皇后に、そして、いつかそのお子を皇帝に……などと野心を抱いてしまいました」

許宰相が顔を上げる。

「ですが、目が覚めました。そこな『桔梗』が身を挺して己が命も顧みず皇后さまを助けてくれたと……私にもそのような心があったはずなのに、陛下の盾にならねばならぬのは私であるのに……それを……それを……」

「許宰相……そなた……」

「皇后さま……いえ、孫の貞綾を後宮に入れたのは間違いでした。年の釣り合わぬ妃を押しつけ、陛下の後宮でのお暮らしを制限してしまいました」

どの后妃を寵愛するかは、皇帝が決めること。

自然の摂理にも背いてしまっていた、と許宰相は悔やんだ。

「誰を皇后とするかも本来陛下がお決めになることでした。我が孫は皇后にふさわしくない」

そこで許宰相は一旦言葉を切った。

「私は、もはや宮中にはいられませぬ。宰相を辞することをお許しください」

今後は地方に引き籠もり、政治の場からは一切身を引く、と告げた。

「ならぬ」

そう慶晶が両断した。

「我が治世に、そなたは欠かせぬのだ、許宰相。まだまだ働いてもらわねば困る」

「ですが、陛下……。私もすでに存じております。私がおろそかにしていた地方で陛下が影響力を増しておられることを。しかも、その地方が荒れたことによって国境を接する徐国につけいる隙を与えてもしまいました。いまでは何人もの廷臣が陛下のお言葉に従うようになったことも……ずっと陛下は時勢に流されているように見せかけ本心を隠しておられた。いつか機を見て動かれるのだとはうすうすは感じておりましたが、ここのところ性急に力を求められるようになった。それは、そこな『桔梗』のためでございましょう」

慶晶が、紫蘭の顔を見る。

「陛下、私が宰相を辞すること、何卒お聞き届けくだささい」

だが、慶晶はがんとして首を縦に振らなかった。

「では、孫が皇后の位をお返しすることだけは、お許しください」

許宰相が、これ以上は紫蘭の身体に障ると退出し、また慶晶とふたりきりになった。

「紫蘭……」

まだ意識が朦朧としていて、話は紫蘭の耳に入ってきたものの、どういう意味かは考えられなかった。

その後、慶晶が皇帝としての実権を握るため、さまざまな手を尽くしていたことを紫蘭は知った。

慶晶が後宮に渡らない日が続いていたのも、地方の実情を知るため遣わした者が密かに戻ってきて報告を受けるのが夜だったからだという。

香貴妃の件で言い争って決定的に慶晶との間に距離ができてしまったと紫蘭が嘆いていた日々も、ずっと皇帝として力を得ようと親皇帝派の廷臣と協議を交わし、ひたすら政務に打ち込んでいたと。

紫蘭のために。

こうして許皇后は、後宮を去ることになった。

許皇后を襲った賊は捕らえられ、力をつけてきた皇帝に取り入るため許宰相を排除しようとした廷臣たちの差し金だということもわかり、多くの者が処罰されたのだった。

紫蘭はそんな許皇后を後宮の燕麗門に見送りに来ていた。

「皇后さま……」

「よせ、紫蘭。もうわらわは皇后ではないのだ。名前で、貞綾と呼んでくれるとうれしい」

皇后は晴れ晴れとした顔をしている。

「貞綾さま……」

誰もがうらやむ皇后という身分も、彼女にとっては後宮に囚われる枷でしかなかったのだ。

「それよりそなた、まだ傷の治りがよくないのだろう？　無理をするでないぞ」

英琳に付き添われ、輿を用意してもらって紫蘭はここにいた。

賊の槍で負った傷はまだ癒えておらず、無理をしてはいけないと侍医に散々言われている。

「許宰相さまのおかげで、ずいぶんよくなりました」

責任を感じた許宰相が、紫蘭のためにありとあらゆる薬を集め、この国最高の治療を施してくれたのだ。

「お母さまの体調がよくなってきていてな、やっと一緒に暮らせるようになったのだ」

一緒に暮らしたのはまだ皇后が生まれたばかりの頃で、実際はおぼえていないらしい。

そう話す皇后は本当にうれしそうで、年相応の子どもらしいかわいらしさに溢れている。

「これもそなたが廟で願ってくれたからだとわらわは思っている」

「わたしなど……皇后さまの強い願いが届いたのです」

もう皇后ではない、とまた叱られた。

「ずっと皇后という身分が嫌で嫌でたまらなかった。だが、ここで紫蘭と出会えたのはよかったと思っているぞ。本当は、紫蘭を連れていきたいから餞別として譲って欲しいと陛下にお願い申したのじゃが……」

　くすくすと皇后は笑ってその先は教えてくれなかった。

「では、達者でな、紫蘭」

　紫蘭は英琳に支えられ、皇后の乗った馬車を見送ったが、すぐに涙で滲んで見えなくなった。

「間に合わなかったか」

「陛下」

　燕麗門に慶晶が現れたが、もう馬車は見えなくなっていた。

「昨日別れは済ませてはいたが……私はそなたと違ってまったく名残惜しいとは思われていないようだった」

　あっさりしたものだった、と慶晶は言う。

「そなたと別れることの方がよっぽど嫌だったようだぞ」

　それを聞いてまた紫蘭は涙が溢れてきて袖で目元を押さえた。

「本当に、お寂しゅうございます」

　皇后だけでなく、香貴妃や宗貴妃の顔まで思い出され、紫蘭は涙が止まらなくなってしまった。

「そんなに泣くな。まだ身体に障るだろう？」

紫蘭は、やさしく慶晶に抱え上げられた。

見送りなら貞綾に房まで来てもらえばいい、と慶晶には散々反対されたのだ。

そこを紫蘭が、名残惜しくて後宮を出るところまで見送りたいと頼み込んで結局輿が用意されてしまったのだった。

自分が輿に乗ることがあるなんて、思わなかった。

帰りはもっと信じられないことに、皇帝に抱えられて戻ったのだった。


紫蘭を翠季宮に送り届けた慶晶は、少し席を外す、と出ていってしまった。

すると、ささっと英琳が近づいてきて耳元に囁いた。

「ほら、やっぱり無茶したんでしょう？」

英琳の言う通り、紫蘭は慶晶の前では平然としていたが、横になるとしばらく痛みで動けなかった。

「もう、しばらくおとなしくしておきなさいよ」

「英琳……」

生死の境をさまよっていた時、この世に呼び戻してくれたのは英琳だった。

これまで機会がなく、ようやく紫蘭はそのことを英琳に伝えた。

「わ、わたし？」

自分を指して英琳が目を丸くする。

「陛下じゃなくて？」

「声が聞こえました、英琳の」

「そ、そりゃ、呼んだわよ。だって、あんまりでしょ……あのまま死んでしまったら、報われないもの」

最初に顔を合わせた時、過去にいた『桔梗』のことをあっけらかんと話していた英琳だったが、その実、悲劇に見舞われる彼女たちを痛ましく思っていたらしい。

「ありがとうございます、英琳」

もじもじと英琳が照れ臭そうにしていると、房の外が騒がしくなった。

「あら、もうお戻りだわ」

房へ入ってきた慶晶がすぐに顔を曇らせた。

「なにをしている」

英琳が肩をすくめさっと紫蘭から離れる。

「紫蘭、おとなしく横になっていろと申しただろう？」

つかつかと慶晶が近づいてきて、牀榻に身体を起こしている紫蘭の背中を支えた。

「さあ、横になれ」

「陛下……そんなに心配していただかなくても、大丈夫です」

「ならぬ」

そそくさと逃げるように英琳は房を出ていった。

「うん、熱は下がっているようだな」

紫蘭の額に手を置いていた慶晶がほっとしたように微笑む。

一命を取り留め、こうして少しは起き上がれるようになった紫蘭だったが、ずっと熱が上がったり下がったりを繰り返していて、まだまだ油断ならないと侍医に言われていた。

慶晶はそんな紫蘭の容態に神経を尖らせていて、ほぼつきっきりで翠季宮に詰めていた。だから、英琳ともあまり話ができないのだ。

「陛下……何度も申しますが、政務はどうぞ万象殿で執られてください」

つきっきりとはいえ、紫蘭の傷に障るから、と慶晶は用があれば翠季宮を出て月泉宮で政務を執っている。

「気にすることはない。家臣たちも特に不満はないようだぞ」

滅多に足を踏み入れられる場所ではないし、ここは庭も宮殿もやさしい美しさで、厳(いか)つい装飾の万象殿より居心地がいいのだろう、と慶晶は言う。

「ですが、ここは男子禁制の後宮ですし、わたくしがこのような状態ですから、しっかりと警備された万象殿の方が安全ではありませんか？」

「案ずるな、ここも万象殿のように警備させている」

「宮中警備兵に、ですか？」

紫蘭は信じられなかった。

ずっと伏せっていて、久しぶりに翠季宮の外に出たからだ。

妃嬪たちが暮らす場所に警備兵といえど男を出入りさせていいものかと訴えると、慶晶が書状に目を落としながら答えた。

「残っていた妃嬪たちは皆、実家に帰らせたから、問題ない」

知らなかったのか、と慶晶が意外そうな顔をする。

「え……存じませんでした。なぜ……」

后妃が身分を解かれて出ていくことが続いたが、百花咲き誇る、と謳われる後宮は、皇帝の権威でもあるのに。

「なぜ？　必要ないからだな」

「では、いまこの後宮に妃嬪さまたちは……」

「ひとりもいない。そなただけだ」

紫蘭は息をのんだ。

不興を買うとはわかっていても、自分の立場はわきまえていなくてはならない。

「……わ、わたしは」

「そうだ、妃ではない。皇后だ」

慶晶がきっぱりと断言し、紫蘭は啞然とした。

「え……？」

「そなたは皇后となることが決まったのだ」

驚きのあまり身体を起こすと傷が鋭く痛み、つい声が出てしまった。

「痛……っ」

書状を放り出して慶晶が紫蘭の身体を支える。

「なにをしている。無理をしてはいけないと、あれほど言っておるのに」

「陛下……」

なんとか痛みをやり過ごし、紫蘭は顔を上げた。

「で、ですが、わたしは、なんの身分もない……」

「私が望めば身分など必要ない。それに、そなたは皇后妃嬪を選ぶ試験があるのを知っているか？」

「聞いたことはありますが……」

選秀女という試験で、文字通り皇帝にふさわしい美しさや賢さを備えた娘たちを集めて選抜試験をすることだ。

「英琳に聞いたが『桔梗』とは凄絶な修行の末、技を競い選ばれた者なのだろう？　だとすれば、それに加え、これまでの働きを考えても、そなたは選秀女の合格に相当する」

「わたしが？」

いま自分が耳にしたことが、紫蘭は信じられなかった。

「そうだ。何千人試験を受けようと、そなたよりすぐれた者はいないだろう」

「そんな……武術以外自信がありません」

それだけではない、と慶晶が言う。

「雲を飴にして食べさせてやると約束しただろう？　まだそれは叶っていない。だから、そなたはそれまで私の傍にいなくてはならない」

皇帝は、約束を違えてはならないのだ、と。


翠季宮で、文机に向かっていた紫蘭は筆を置いた。

「……できました」

「はい、じゃあ、こちらに渡して」

紫蘭は隣にいた英琳に手元の紙を渡した。

「採点するから、ちょっと待ってて」

紫蘭は今日、選秀女の筆記試験を受けたのだ。

もちろん過去の問題を使い、紫蘭がひとりで受けただけだが、実際の試験と同じ条件で挑んだのだった。

「どう？　自信はあるの？」

解答を正解と合わせながら英琳がきいてきた。

「どうでしょう。でも、勉強する時間だけはありましたから……」

傷が癒えるまで寝所でおとなしくしていなくてはならないのなら、と紫蘭が選秀女の試験を受けてみたいと慶晶に申し出たのだった。

そんな必要はない、と言われたが、紫蘭がそうでなければ皇后にはなれない、と言うとすぐに手配してくれた。

それからずっと寝所で無理のない範囲で勉強に励んだ。

慶晶の計らいで、家庭教師もつけてもらい、懸命に取り組みすでに二月経っていた。

もし、合格点でなければまだ勉強を続けるつもりだったが……。

しばらくして解答を確認していた英琳の手が止まった。

「紫蘭……」

深刻な英琳の顔に、紫蘭は不安で胸がどきどきした。

「ど、どうでした……？」

「満点だわ」

息が止まるかと思い、紫蘭は胸を押さえた。

「がんばったわね」

「はい……！」


その夜、翠季宮へ戻ってきた慶晶が口を開くなり言った。

「英琳に聞いたぞ。試験が満点だったと」

「え！」

紫蘭は唖然とした。

「わたしの口からお伝えしようと思っていたのに……っ」

英琳がいま頃ほくそ笑んでいるかもしれない。

「よくやったな。なにか褒美をとらそう。なんでもいいぞ」

上機嫌の慶晶は本当にとんでもないものを贈ってくれそうで、紫蘭はあわてて言った。

「褒美なんて……では、解答をご覧くださいますか？」

「もちろんだ」

紫蘭はいそいそと文机の上に置いてある解答を取ろうとした時、ひらりと一枚の紙が落ちた。

「あ……」

「どうした？」

以前、貞綾と一緒に描いた蛙の絵だった。

「なんだ、これは？」

慶晶が足下に落ちた紙を拾い上げて眺める。

「以前、貞綾さまと描いた絵です。今日貞綾さまのことを思い出して久しぶりに眺めていたのです」

「そういえば、以前貞綾が言っていたな。そなたは絵が上手いと。確かによく描けているな。大したものだ。これ以外の絵はないのか？」

「え！」

思わず悲鳴を上げてしまうところだった。

「ほ、他にはありません！」

「あるんだな？」

紫蘭は愕然とした。

「な、ないと申しておりますのに」

「すぐに否定するのは、あると白状しているようなものだ」

そなたは意外とすぐに顔に出るのだぞ、と言われ紫蘭は顔が真っ赤になるのがわかった。

「なんでもいい。見せてみよ」

紫蘭が自分で描いたものといえば慶晶の姿絵しかない。

そんなものを見せられるはずがなかった。

「ご、ご容赦ください。陛下のお目にかけられるようなものではありません」

文机の上を勝手に探しはじめた慶晶を止めようにも、紫蘭はまだ身体が以前のように動かない。ついに文箱を開けられてしまった。

「これは……私か？」

慶晶が目を見張った。

「この姿は……いまの私ではないな。だが、この袍はおぼえている。昔着ていたものだ」

慶晶が紫蘭を見る。

「そなた、一体……？」

「も、申し訳ございません……それは……十年前、一度だけ陛下をお見かけする機会があり……その時のお姿を……」

紫蘭は我慢できずに泣き出してしまった。

「十年前、私はそなたと会ったことが？」

とんでもない、と紫蘭は激しく首を振った。

「お目にかかったなど……勝手に盗み見たようなもので……」

「なにをそんなに泣くことがある。これも……私の姿だな、最近のものか」

犬をけしかけられていた香貴妃を助けた時、はじめて月泉宮の内院で見た慶晶の姿を写し取ったものだ。

「本当に……申し訳ありません……」

慶晶が泣いて顔を伏せる紫蘭をやさしく抱き寄せた。

「なぜ私の姿を絵に描いたのだ？」

「それは……とても……お美しかったから……です」

高貴な姿をなんの許しもなくこうして写し取っていた。

自分の浅ましさが知られてしまった。

「なにを泣く。よく描けているではないか」

まるで鏡を見ているようだと慶晶が感心したように言う。

褒められてもいたたまれない。

「そなたは……私の姿絵を見てなにを思っていた？」

咄嗟に紫蘭は慶晶の腕から逃れようとしたが、叶わなかった。

「そんなこと申し上げられません……っ」

「紫蘭、申してみよ」

間近で顔を覗き込まれ、慶晶の深い眼差しに紫蘭は息をのんだ。

「紫蘭？」

子どもをあやすように促され、紫蘭はとうとう口にしてしまった。

「ずっと……お慕いしておりました……」

「十年……私のことを？」

「申し訳……ありません……わたしなどが……」

消えてしまいたい。

皇帝の尊い姿を描いていた無邪気な自分が恨めしかった。

なぜ身の程知らずにそんなことをしていたのか。

いたたまれずに縮こまる紫蘭の身体を慶晶が抱きしめた。

「私も幼い頃のそなたに会ってみたかった」

「え……」

うろたえて紫蘭は慶晶の腕の中でじたばたしてしまった。

「わたしなど、もともとただの田舎育ちの娘です。あの時も子猿のようで、とてもではないですが、陛下の御前に出られるような姿ではなくて……」

ようやく顔を上げた紫蘭の眦の涙を慶晶がやさしく指先で拭ってくれた。

「紫蘭、そなたはどれだけ健気なのだ……愛おしすぎて胸が苦しい」

そっと顎に手を添えられて紫蘭は上向かされた。

目を細める慶晶に、胸が高鳴った。

ゆっくりとくちびるが重ねられる。

慶晶は、紫蘭の傷に障るのをおそれて、これまで必要以上に触れないでいた。

思えば、こうして触れ合うのは偽公主を欺くための芝居をして以来だった。

「ん……」

すぐ離れていってしまうかと思ったくちびるは、深くなっていき、紫蘭は夢中で応えた。

そっとくちびるを離した慶晶が吐息混じりに問う。

「紫蘭、傷は……？」

熱の籠もった囁きに、紫蘭は期待に身体が熱くなった。

「もう……すっかり痛みません」

そう言ったのに、慶晶からためらう気配が伝わってくる。

「まだ組み敷くわけにはいかぬな」

紫蘭は慶晶の膝の上に抱えられた。

「無理はさせたくないが……さすがに我慢できぬようだ」

慶晶の手で帯が解かれ、素肌が触れ合う。

それだけで紫蘭は胸がいっぱいになった。

どちらからともなくくちびるを合わせ、舌を絡めると身体が熱くなる。

「は……ぁ……」

息をつくためにくちびるを離そうとしても、すぐに引き寄せられてしまう。

「ん……」

ようやく慶晶のくちびるが離れ、今度は首筋をなぞりはじめる。

慶晶の腕に支えられ背を反らすと胸のふくらみの尖りを口に含まれた。

「あ……んっ」

すぐに凝ってきた尖りを強く吸い上げられ、紫蘭は甘えた声を上げる。

ふたつのふくらみを散々弄ばれ、身体が愛撫に目覚めていく。その証拠にとろりと蜜が脚の間から溢れてきた。

「あ……」

「どうした？　痛むのか？」

「その……違います……」

紫蘭は慶晶の肩に手をかけ、膝を立てて腰を浮かせた。

「あ、あの……もう……わたし……」

慶晶を受け入れる準備が整ったと言いたいが、恥ずかしくて言葉が続かない。

紫蘭の身体はすでに触れられずとも難なく慶晶を受け入れられそうだった。はしたなくも以前のように自ら腰を落としてしまいたい。

「も、もう……よろしいですか？」

なんとかそれだけ伝え、慶晶の反応を待つ。

「いや、無理はさせられないのだから、確かめてみなくては……」

紫蘭が身体を震わせていると、脚の間に手が伸びてきた。

「確かめるって……あ……っ」

さぐるように指先で秘裂を何度もなぞられていると、その奥に誘うように蜜が滲んでくる。

ゆっくりと焦らすように指先が動いて秘裂を割り、その奥の敏感な突起に触れてきた。

「ん……だ、だめ……です……そこは……」

慶晶の肩に顔をうずめ、与えられる甘く痺れるような愉悦に耐えていると、くちゅりと音を立てて指が蜜口に差し入れられた。

「あん……っ」

この感触を忘れたりしてはいないと思っていたが、その記憶よりはるかに生々しく、紫蘭は目眩がしそうだった。

「はじめて抱いた時のように狭く感じるな」

ぴくりと紫蘭の身体が震えた。

あの夜は、慣らした方がいいと、散々焦らされたが、もうそんなに待てない。

「あの……本当に、大丈夫ですから……」

「まだ少し慣らした方が……よくはないか？」

紫蘭は子どものように首を振った。

慶晶の欲望もすでに昂ぶっていて、紫蘭の肌に触れている。その熱を早く身体の奥で溶かして欲しくてたまらない。

「も、もう……わたし……待てません」

震える声で訴えると、慶晶の指が離れた。反り立った昂ぶりが紫蘭の秘所を割り、蜜口を押し広げる。紫蘭が腰を落とすと、ゆっくり奥まで貫かれた。

「ん――っ」

身体の内側を余すところなく慶晶で埋め尽くされ、紫蘭の眦から歓喜の涙が零れる。

「紫蘭……」

慶晶にうわずった声で名を呼ばれ、肌がぞくぞくと粟立つ。

たっぷりと満たされた身体の内側もざわめくように動き、紫蘭はたまらず腰を揺らした。

「無理して動かずともよいから……」

こうしているだけでもいい、と囁かれて抱きしめられる。

「陛下……」

ようやく繋がり合えたことをお互い確かめるように抱き合うが、そうしていると、紫蘭の腰はたまらず揺れてしまう。もっと激しくして欲しい、と。

膝の上で身を捩る紫蘭を、慶晶がまた抱え上げた。

繋がりが解かれ、慶晶の身体が離れてしまうと思った紫蘭は咄嗟に腕を伸ばす。

「あ……いや……」

「案ずるな。このままにしておけるわけがないだろう？」

牀榻に横たえられ、後ろから慶晶が寄り添い、片足を上げさせられる。

秘所が無防備に晒されるたまらなく恥ずかしい体勢に紫蘭はうろたえた。

「こ……こんな……」

羞恥に身構える前にまた後ろから昂ぶりが埋め込まれた。

「ひぁ……っ」

「できるだけ抑えるが……く……」

そう言いながら慶晶が奥を突いてきた。

「あ……う……」

身体を気遣いながら、ゆっくりと内側をたくましい昂ぶりで擦り上げられ、紫蘭は声を抑えられなかった。

「陛下……あぁ……っ」

何度も小刻みに腰を動かされ紫蘭はたまらず達してしまう。

その身体を抱きしめながら、慶晶が熱を放ったのを感じて紫蘭は気が遠のきそうになる。

「紫蘭……っ」

こうして再び、紫蘭は慶晶と結ばれたのだった。

何度も傷は痛まないか確かめられた後、紫蘭は慶晶の腕の中で目を閉じた。

「……もう朝まで一緒にいられるのですよね？」

そう言うと、労るように慶晶が紫蘭の眦にくちびるを寄せた。

「ずっと傍にいる。ゆっくり休むといい」


紫蘭はいままでになく緊張していた。

今日は皇后の即位式。はじめて皇后として公の場に出るのだ。

しかも、武勲を上げた宗貴妃の帰還も間に合い、戦勝軍の凱旋にわく二重のよろこびの場だった。

気を落ち着かせるために翠季宮の内院に出たものの、これまで身につけたことのない豪華な襦裙や飾りで立っているだけでやっとだ。

そんな紫蘭に声がかけられた。

「支度はできたか？」

「陛下」

皇帝の黄色の袍を身に纏い悠然と慶晶が現れた。

その手にはあの宝冠を持っている。

だ。

「あ……」

夜のささやかな灯りの中で見た時とは違い、今は日差しを受けてまったく違う宝冠のようだ。

「ようやく修復が終わったのだ」

手にした宝冠を慶晶が紫蘭に差し出した。

「まさにそなたにふさわしい」

宝冠の中心には、あの時見せられた紫水晶がはめ込まれ輝いている。

「陛下、これは……もしかして、わたくしのために……？」

信じられない思いで宝冠を見つめる紫蘭に慶晶が笑いながら言った。

「まったく……誰のためだと思っていたのだ」

以前見せられた時も、紫蘭は自分のためのものだなんて、少しも思わなかった。

こうして目の前にあるいまでも信じられないくらいだ。

「こら、そんなに食い入るように見つめるな。頭に載せにくい」

「ですが、自分の頭の上は見えませんから……」

「私が見ている」

宝冠が慶晶の手で紫蘭の頭上に載せられた。

「まことに美しい……我が皇后よ」

「陛下……」

しあわせで胸がいっぱいになった紫蘭に、慶晶がそっと寄り添った。

まるで一幅の絵のように。

了

あとがき

こんにちは、木野美森です。

なんと今回、この『後宮護衛の偽妃ですが、陛下に愛されて困っています！』で二作目の登場となりました！　ありがとうございます。

これも前作『予定外結婚』を読んでくださった方のおかげです。


その前作からがらりと変わって今回は中華風の後宮を舞台とした陰謀と寵愛ストーリーとなっております。楽しんでいただけたでしょうか？

一作でこんなに女性キャラを書いたことがあったかな、というくらいにぎやかです。しかも、炎先生のおかげで全員挿絵に登場させていただくことになりました。TLで女性キャラが全員挿絵に描かれるってめずらしいと思うんですよね。やっぱり主人公のふたりがメインになりますから。それも炎先生が、キャラの個性をこちらの想像以上に摑んで描いてくださったからだと思います。

炎かりよ先生、本当に素敵なイラストをありがとうございました。

炎先生は仕事がはやくかつ素晴らしいので、担当さまがすごくよろこんでウキウキされていたのが印象に残っています。私が締め切り伸ばしてくださいーとお願いした時は、どう……だったのかな……。

そんなこんなで、担当さまには大変お世話になりました。

そして、今回もお手数かけました、Mさま。

慣れない中華的表現に丁寧にアドバイスくださって、本当に助かりました。たくさんの方々のおかげでとても素敵な一冊になったと思っています！

さて、ずっとあたためていた物語がようやく形となって読者さまのもとへ旅立ちました。心のどんなところに届いたか、お返事くださるとうれしいです。

木野　美森

本作品は書き下ろしです

木野美森先生、炎かりよ先生へのお便り、
本作品に関するご意見、ご感想などは
〒101-8405
東京都千代田区神田三崎町2-18-11
二見書房　ハニー文庫
「後宮護衛の偽妃ですが、陛下に愛されて困っています！」係まで。

Honey Novel

後宮護衛の偽妃ですが、陛下に愛されて困っています！

2021年1月10日　初版発行

【著者】木野美森

【発行所】株式会社二見書房
東京都千代田区神田三崎町2-18-11
電話　03(3515)2311[営業]
　　　03(3515)2314[編集]
振替　00170-4-2639
【印刷】株式会社 堀内印刷所
【製本】株式会社 村上製本所

落丁・乱丁本はお取り替えいたします。
定価は、カバーに表示してあります。

ISBN978-4-576-20193-1

https://honey.futami.co.jp/